裂变

LIE BIAN

李欣蔓 著

四川民族出版社

图书在版编目（CIP）数据
裂变／李欣蔓著. --成都：四川民族出版社，2021.12
ISBN 978-7-5733-0283-0

Ⅰ.①裂… Ⅱ.①李… Ⅲ.①诗集-中国-当代
Ⅳ.①I227

中国版本图书馆 CIP 数据核字（2021）第 270361 号

裂　变
LIE BIAN

著　　者　李欣蔓
责任编辑　王　砚
出版发行　四川民族出版社（四川省成都市青羊区敬业路 108 号）
邮政编码　610073
电　　话　（028）87734153（发行部）
印　　刷　三河市中晟雅豪印务有限公司
成品尺寸　145mm×210mm
印　　张　12.5
字　　数　160 千字
版　　次　2021 年 12 月第 1 版
印　　次　2023 年 6 月第 2 次印刷
书　　号　ISBN 978-7-5733-0283-0
定　　价　59.80 元

贫穷、财富、诗歌和乡愁

——诗集《裂变》导读

向以鲜

时间带着不可抗拒的深情，将李欣蔓和村庄紧紧联系在一起。诗人用八年的时间潜行在苍生的命运之间，深入体察从脱贫攻坚到乡村振兴路上的人物、景象、事件，通过汉语现代诗反映乡村变化的温度和深度，生动记录中国乡村走向现代化的步伐，讲述农村、农业、农民的故事，捕捉当下诗歌创作潮流脉动与最新成就，表达贫穷、财富、诗歌与乡愁的内涵与外延，向我们展现可信、可爱、可敬的巴中形象，在中国迈向第二个百年目标，接续推进脱贫地区发展和乡村全面振兴时期，无论从观念到现实与情感，还是从美学到内容形式，再现当代乡村的真实，烙印了一个时代的精神印记。

诗集的写作在时间上采用倒序排列。脱贫攻坚作为乡村振兴重要支撑，是从改变贫穷到奔向财富的奋斗过程。在古典诗歌语境中，贫穷、财富与诗歌之间的关系常常处于一种紧张状态。这种紧张不仅来自于“朱门”中的“酒肉”与“路”边“冻死骨”的强烈对照，还来自于中国诗人对待财富的一种古老认识：与财富相比较，似乎贫穷更能催生出伟大的诗歌。为什么会这样？除了安贫乐道以彰显人们内心的高洁之外，深藏其背后的，实际上是一种对财富的漠视与疏离。视“富贵”如“浮云”的孔子曾盛赞其弟子颜回：“贤哉，回也！一箪食，一瓢饮，在陋巷，人不堪其忧，回也不改其乐。贤哉，回也！”颜回既是一个智者，也成为中国古典诗人心目中贫穷而富有诗意生活的典范。这样的认识一直根植于中国诗人的心底，有人认为杜甫之所以比李白更伟大，原因之一在于杜甫生活得比李白更穷更苦（事实上杜甫的家世与家底比李白厚实多了）。我们可以轻而易举地从浩瀚的古典诗歌中找出大量讴歌贫穷的诗歌，却很难找出几首赞美财富的诗歌。贫穷始终和疾病、痛苦、愚昧、落后、衰老和肮脏相关联，那不是人类想要的，对此，诗人李欣蔓在扶贫过程中有着切身的感受：“贫穷，逼着生活敞开一条触目惊心的裂缝/日子也跟着气疯了。”连同《补鞋匠》《劝架》的场景，有过乡村生活经历的人并不鲜见：“张老头骂王老汉断子绝孙/王老汉说张老头是酒鬼/不知那天会喝死//这对表兄弟被一壶酒烧成仇敌/他们之间有什么疙瘩解不开呢?”实际上并没有什么大不了的事，两家为交几元钱电费的事，是“贫穷让他们各自露出了闪亮的獠牙”。当然，经过诗人在场的“劝架”，两个六十岁的老孩子言归于好，摔了酒碗又抱在一起。这是轰轰烈烈的扶贫工作中，一个让人无比感怀与激荡的侧影。诗歌和现实紧紧相连，主题回归到生活的本真、生命的质朴中，这是贫穷催生诗歌的典型。特别是第六辑，尤其对那些我们既熟悉又陌生的“村支书、妇女主任、烤红薯的女人、女中学生、烧纸钱的女孩、夫妻、擦皮鞋的女人、农民、光棍、吊车司机的妻子、上门女婿”等农村普通百姓的诗歌写作，从体察人物处境与心情的角度出发，精准地找到现实的沧桑触手，在人物的描写和故事情节的叙述上融入了自己的方法和观点，生成了包含生活气息的新鲜而别致的意象与想象，具有清晰的辨析度，是一种简单中包含复杂的技艺与能力。诗歌迸射出的思想光辉，如一柄利剑，文学为每个角落注入光，在这里体现出其自身的价值。她运用各种诗歌写作手法，第一次以如此密集的人物形象让那些无法自我述说的人，成为诗中的主角，让这些影影绰绰的平凡人，成为一个个清晰的镜像，来见证他们自己的时代，登上汉语的大雅之堂，用诗歌向读者敞开乡音与母语，仿佛心田深处的一口深井，倒映出蓝天白云、山光水色、风土民情，无论何时凝视，都是一幅细腻生动的山村风情画。

再来看看黄金和白银的光泽难道不足以照亮诗歌吗？我想起曼德尔斯塔姆的诗句："黄金在天空舞蹈，命令我歌唱。"在"汉乐府"中："黄金络马头，颎颎何煌煌。"财富是美丽的，黄金不是粪土，黄金是璀璨的，白银是夺目的！如同李欣蔓在《一朵万寿菊的精准扶贫》中所吟诵的那样："无数细碎的小嘴吐出苦味/在风中一开一合/仿佛不是花，而是一片黄金。"还有《信号》："从前，以学校的钟声为信号/她爬坡上坎，给丈夫送饭/油菜花搬动了所有的黄金/燃起爱的火焰。"蔓延到《爱国粮》中：把每一粒麦子看成黄金/不管是"收购粮"还是"专储粮"/都是"爱国粮"。走进《梨园》，诗人说："隔着树枝的距离/花瓣的白浮动着天空与大地/从未如此富有过。"那种"富有"的幸福，除了对梨花的赞美之外，毫无疑问，也有着对财富的预期："我写梨花诗，作梨花赋/平平仄仄的花瓣，起起伏伏/吐出黄灿灿的果子。"诗歌具有蓬勃之气，体现了不同历史时期同一题材的诗歌在技艺、语言和思想、情感上的差异。

乡村振兴与脱贫攻坚其首要意义在于从意识形态上肯定了财富的正当性和正义性，观察的广度、思辨的深度和叙述的纯度。而李欣蔓的诗集《裂变》则以百多首诗篇赞美了财富的迷人之处，并以此告诉世人，诗歌的土壤不仅仅存在于贫穷，还存在于财富，诗歌的创新之处不是镜像描摹的观察者，也不是拔高表态的社会报告，是个人提交的诗歌事件，是精神上的还原。中国共产党人在经过百年历练之后，终于可以在广袤的乡村和普通人民百姓大张旗鼓地讲述“资本”的秘密，如同讲述一个古老的阿里巴巴传奇：“丽水与巴中协作/技术员给村民讲解资本市场的理念/一千多户村民的红手印按在合作社的致富合同上/专注的神情仿佛和村民携手对命运进行一场神圣的反击。”（《草木传来喜讯》）之所以能给更多村民带来希望，正是因为技术员带给了乡村致富的“源头活水”，让合同或契约精神成为资本的基石，这恰恰是传统农业文明所欠缺的。在春风吹拂中，诗人再一次提及《合同》：“她与村合作社签订了开垦合同/唯一能做的就是把命运押在自己的土地上。”摁在合同上的手指是庄严和神圣的，这是对自己的承诺，也是对乡村的承诺。还有更加激动的手指在颤抖，那是传说中数钱数到手软的指头：“高高在上的月亮/看线上线下的村民收微信上的红包/直到手指点得疲惫生痛/真金白银，就是生活富裕的奔头。”（《电商》）入口找得十分精准，一下子把诗人和时代联系在一起，诗歌大气中带着锐气，对乡村饱含深厚情怀，农民劳动的姿态之新是新农村之“新”，是对生活和生命情感切实的体验。

巴中迄今还活跃着一支“晏阳初演出队”，那些热爱晏阳初的青年人，“花旦、青衣的唱词，字正腔圆/戏与现实互为表里/背景上呈现风调雨顺、政通人和的场景”（《小舞台大人间》）。这是一个经济搭台，文化唱戏的成功范例，戏与历史相映生辉，相得益彰。随着剧情走进“回龙村、五凤村、碑河村”，“戛然而止的光阴/被活蹦乱跳的山泉/转承、起合/又迫不及待地奔下山去//万寿菊、兰花、夹竹桃、扁竹兰盛开/来来往往的人们站在浩瀚的花海之中/人世的沉浮与悲欢化为天空中一粒皎洁的星辰//粮食草木喂养着流年里的万物/红色的火苗与绿色的河岸变换交融。”这些在场的现实画布，向祖国和人民徐徐展开了一幅“麦青菜黄千村秀，脱贫振兴万户春”的诗意画卷。

诗集中，“乡村振兴、两不愁三保障、农网改造、合作社、退耕还林、三农、易地搬迁、电力扶贫、教育扶贫、中西部协作、土地增减挂钩、文旅、农旅、种田补助，农具补助、家电补助”等这些出现在报纸、电视新闻、纪实文学、小说、散文里的关键词，诗人果敢创新，用鲜活的意象或简洁生动的诗意语言，记录传达出脱贫攻坚与乡村振兴的工作轨迹，既有饱含深情的轻吟浅唱，又有直抒胸臆的豪迈与豁达，更有出其不意、气象万千的洇染，表达出强烈的乡村意识和别致的审美情感。

有着八年下乡工作经历的李欣蔓深知，如何让农民在摆脱贫困后而振兴乡村的同时，还能留住“乡愁”？可能是另一个更为艰辛的问题。诗人注意到，在帮助人们致富的路上，既要物质上脱贫，还要精神性脱贫，否则精神的贫穷最终还会导致物质上的返贫。因此，如何使“各种传承文化的图景都动起来”，让“舞龙、舞狮、秧歌，警醒日出月落”（《村文书》），也是帮扶干部的题中之意。走在汗水芬芳的足迹中，诗人写道："村规民约在岁月里栽种成荫/大地布满粮食和农桑/在这里，《诗经》的意象闪烁着奇异的火焰/喜怒哀乐化为宽大的胸怀。"看得见《诗经》意象的村庄，这景象实在令人神往，是诗人在乡村工作中生活面貌的形象反映，这是中国人真正的"乡愁"，它不再是诗人的专属情愫，更多的是一种沉淀在心里的分量。走进翰林院，《裂变》具有根系的价值："清朝至今 107 年的翰林院，荒草终日弥想/读着读着，书中的词弹出新鲜/这个院子一年考上十多个大学生。"他们互相传颂："一碗刺梨酒呼儿将出/冲锋上阵/红军留下的忠魂化为石头/因为父亲在他的身上焊接了忠烈//红军 4 万多头颅像果实落地/封存为种子。"（《刺梨酒》《空山》）巴中这片土地，正是因为有红军留下的种子，有翰林院那样的血脉，有晏阳初那样的人杰，当然还有更为辉煌的南龛艺术，巴中才称得上红色巴中、绿色巴中。红色文化彪炳史册，孕育了"智勇坚定、排难创新、团结奋斗、不胜不休"的红军精神。后代踏着党史里的光芒，从脱贫攻坚奔跑到乡村振兴的路上，诗歌笔墨酣畅，展示出"诗意山水，红色巴中"的浩荡之风，从历史深处追根溯源，探索老区人们背后的精神坚守，用诗歌故事去将这份红色记忆传递更深更远，在历史语言、个人经验和地域文化之间达到完美平衡。

中国正面临城镇化的大潮，大量农民工涌入城市，正是分工和利益所致。这些年来，近半数的农民进了城成为农民工，成为推进中国城镇化的生力军。李欣蔓诗中多次触及"打工"现象，走进忧伤的村民中，诗人写道："他一头倒在荒草里/连欲望都泄了一半的气/儿子、媳妇出去打工/留下这个六十八的老汉/一天收割两家稀稀拉拉的稻子。”这是血肉、骨架、呼吸与灵魂的表达，揭露出：城市在啃食乡村，青壮年在啃食老人，也传递着人性最初的温情，是对生命意义的探究。不管我们愿意不愿意，事实已经摆在眼前：城镇化是现代化的必由之路，并且不可阻挡，越来越多的农村人涌进了城里。随着城市化或城镇化脚步的加速，我们离纯朴的乡村将越来越远。当“1000 多吨水泥，400 多吨沙石，500 多方条石/变成一条村道路”，当“杂草变成麦地，水泥路带来震撼”，乡愁又在哪里？水泥路确实给农民带来了出入的方便，但也压缩了泥土自由呼吸的空间。从本质上来看，密闭的水泥与作物生长的农业气息是矛盾的。每天，每时每刻，我们都在告别乡村。每天，每时每刻，都有乡村从我们眼底消失。李欣蔓作为一个参与者和诗人两重身份，互相转化，目睹“打工时代”：“一些壮劳力接二连三地进入城市/炊烟断了//城市一天比一天膨胀/ 剩下的老弱病残和孩子/打发日升月落的光阴//镰刀闲着闲着/锈就盛开在铁的骨头上。”诗人在这里娴熟地剥开空心化乡村轻喜剧的外衣，露出的却是农村空巢老人对老有所依的期盼，从中读到诗人的紧张、疑虑，甚或戒惧之心，因为语调气息和说出的内容既聚焦波涛汹涌的历史车轮，也关注芸芸众生。我也看到当下不少诗歌或居高临下，或存在隔膜，主要是并未真正抵达生存的真实。诗人每天与乡村各种事物接触，从写底层人与物入手，来凸显乡村巨大变化，由一种“小我”跨越到“大我”的“人生”，在诗的意象转换中提升了诗的高度。“看啊，大部分地荒了，人走了，房子空了/连鸟雀都耐不住寂寞随白云流浪远方”，诗人把自己内心的精神存在和现实的事实恰如其分地融会在自然感性的事物中，达到了近乎“语出自然与内心”的纯朴效果。这说明想象是一种奇妙的思维方式，就好似诗歌中的点金术。穷得太久太深，担心人们已经习惯孤独贫穷，作者揭开、刮去那层层的油彩，呈现那一刻生命的知觉和感动，语言悲悯大气，身上彰显出军人家庭女子的“阳刚之气”。尽管作者在《篱笆小院》中给“荒芜之地”的上联找到了“世外桃源”的下联，但多少还是有些令人惆怅。这儿的空、废与荒芜，除了物质的（如建筑）原因，也有精神的原因。中国文化的传统，除了通过城市文明予以传递之外，还需要通过乡村文明来传承。古代圣贤孔子曾说过：礼失而求诸野。这话的意思是：如果蕴含伟大文明传统的礼文化丧失了，我们就应该到民间（乡野或乡村）去寻找，去重新获得。显然，在孔子看来，真正的礼的根源，并不一定保存于繁华之地如城市，往往保留于淳朴古老的乡村中。作为一个以农耕文明为母体的国度，在积极推动城镇化建设的过程中，如何建立一个拥有深厚文化内涵的乡村空间，如何更加注重环境宜居和历史文脉传承，如何在帮扶工作中重建乡村文明，将是摆在我们面前的又一个艰难任务。必须让更多的外出打工的回来，这是脱贫攻坚与乡村振兴工作的首要任务，没有人气的乡村再怎么振也兴不起来！诗人在“乘坐乡村公交车”的途中呼唤：“鸽子飞来，鱼儿回来，虫子回来，打工的人回来。”是啊，还有什么地方比家更令人割舍不掉的呢，“就像我，不管身在何方/故乡，便是归途”。不变的是乡愁，无论走到哪儿？人们都会想起故乡。诗歌《留守儿童》则表达了另一种孤独的乡愁，这些留守在乡村的孩子，这些背着唐诗的孩子，才是乡村的未来和希望。诗人在诗中挖掘出那些应该记住的和不该遗忘与丢失的东西，把乡村写作与传统、历史、当下紧密地结合起来。

她坐在“回龙村小学”教室里，看到“村委会聘请一位退休教师/黑发被粉笔灰染成霜花”。如今，在边远的山村仍然缺乏人才，他们以生命赴使命，用挚爱护苍生，带给乡村的并非是一所学校，几间教室，而是浓缩了尊师重教的传统，寄托村民的希望。是教育扶贫，为乡村振兴提供了绵绵不绝的内生动力，达到以诗载道、以诗传声、以诗化人的效果，选择了自然、原生、朴素、至简的直取核心和要义的语言方式，呈现出“大道至简、水落石出”的质地。

没有财富的幸福是纸上谈兵，人民的幸福必须垒筑于坚实的财富之上。因此诗人和驻村干部才会发出铮铮誓词：“斩断穷根，与6万多名驻村干部怀揣颗颗刀斧一样的雄心，一件一件脱去疾病、饥饿、疼痛/和各种不同颜色的疑虑。”（《合奏出一支乡村振兴之歌》）这是有史以来中国乃至巴中最为壮丽的一彪与贫穷为敌的队伍，他们要将人们从贫穷中解放出来，通过振兴乡村，奔向富裕生活。诗歌写得从容，以意象营造、情景交融的手法完成诗意和大境界的呈现，身临其境地走在《温暖的对话》中，我们听见：“市长好/声音从石榴的枝头上滴落下来/每一句都是深情的乡音/异常的揪心//市长紧握她的手，为这位1949年入党的女村民加油//。”这场景，让我想起当年杜甫在成都郊外，遇见那位醉酒中不断赞颂成都军政一把手严武的“田父”。特别是最后一句——“扶贫政策为我的关节炎/开了一张痊愈处方”，如神来之笔，带来了漫长二十几年的跨度，是一个体现物质和精神生活的沉淀和缩影，帮扶干部的“情怀与真诚”用市长与老党员的对话表达出来，自然而接地气，人们从文字中得到精神的滋养。诗歌“铁寨村、白鹤嘴村、蝉鸣、揭穿时间的秘密、茶农、湖水”，从田间地头捡来的诗句，这种自然界现象，小到萤火虫，大到山川河流的极为常见的事物，被描绘得如此精细逼真，是对纯净与唯美效果的追求。在清澈的水塘和暗色的树木之间，有光明颤动，也有微风吹拂，好像我们与大自然交换呼吸。“我再次躬下身子/低下头颅/那些青涩的果子高矮排列/在太阳下晒脸/在雨雾中洗澡/长成甘甜。”（《果树》）这首诗让我想到里尔克的秋日里“落叶纷飞”尤其动人，诗中一派丰收的景象呼之欲出，读者跟随她坠入丰盈而诗意的秋之意境。“在这里，听不到哭声/雨不断地刷洗着大地/老人成为一粒隐藏的种子/沿着一条万物的生命之路/走进来年春天。”（《打开一条万物的生命之路》）乡愁，来自故乡的情感，从未像现在这样离我们如此迢远，也从未像现在这样，离我们如此迫近、美好，连老人离去都听不见哭声，这是美丽的“乡愁”，是人民“望得见山、看得见水、记得住的乡愁”！生活在巴中的驻村诗人心中，当然也有她解不开的乡愁：“借着光，用句子在内心筑堤坝//这些年我以退步抵抗世俗/用一首诗剔除生活中坚硬的部分。”（《乡愁爬满我的心》）把焦虑和痛苦当作家常便饭，在《老问题》中写出“新感受”，结尾有意外之效。这是一个对那片土地熟悉又热爱之极的人才写得出来的诗句，这儿的恍惚，这儿的“退步”和“抵抗”，不仅仅是妥协，也是心痛和执念，她对大自然充满热爱，对理想生活追求的步伐从未停息。当然，诗歌也是李欣蔓心中与生活抗衡的利器，在乡村这片土地上，她希望诗歌的花朵遍地盛开 。文学思想的生命力是开阔的，希望李欣蔓在诗歌领域写不同题材的诗，这是个难题，听起来简单。现在网络盛行，每天都有很多诗面世，要想在诗歌的天空自由翱翔，必须做到常看常写常新。无论是城市还是乡村，它们都是一首带着各种方言和各种唱腔的名歌，只有善于观察，深入生活，让视野更加广阔，思想的语言才会自然流入笔端。在第五辑“生灵的颤音 ”中，用生灵的代表“鸟、牛”作意象，唤醒人们热爱生活，情不自禁地表达出生灵同草木皆有情，劝诫人们不能因为“穷”而捕杀摧残生灵，大自然的任何生命体和人类一样，有其独特的情感和本能，有同等生存的价值和意义。正是借写生灵来传递自己的愿望，使人类与自然生态和解，与万物和谐共处，“像保护眼睛一样保护生态环境”的诗意表达。看似普通，其实有峭拔的气势，反映时代痛点，体现了生态的文学观。

李欣蔓在为我们展现人类历史上规模空前的扶贫工程的同时，还为我们带来了久违的乡村振兴图景，它是壮丽而惊人的：“南江河发出巨大的吼声/记住了这里惊天动地的变化。”（《春风拂面》）也是细致而唯美的，像一杯桃花酒：“他们的嘴唇含住花瓣/相思的脉络长成一首诗/所有的花朵举着青春的憧憬/酿造出窖藏多年的桃花佳酿。”（《桃花酒》）这勃勃的生机，来自于青春，来自于理想，浪漫的乡村爱情见证了从贫穷奔向小康的美好愿景，活跃着乡村振兴追梦人的身影，也来自于他们对财富的梦想。作者对现实和人性以准确把握，用诗歌道破难以言说的真相，既展现“个人气象”，也折射“时代风云”。堆积是海，放开是江，这是诗人经历了八年的人生积淀和多年创作探索之后，富有豁达的生活态度，蕴含着羽化人心的人生哲思，在众多女性写城市、写情感等诗歌题材的时候，她写乡村的呼吸与祖国的变化，并倾其心血，跨越写作沟壑，一本反映政治、经济、爱情、婚姻、文化的诗集《裂变》脱颖而出，带着泥土的芳香扑面而来，在全面推进乡村振兴的路上，将个人价值的实现与进一步改善一方百姓的生活紧密联系在一起。作品既有生活细部的本真精细，又总体呈现出史诗性的效果。时间尺度和空间坐标印证了写作者的语言功底和精神食粮，这最终汇聚成的是对个人来说无可替代的地方志。

乡村振兴正如火如荼地展开，乡村裂变正日新月异地发生。“随手摘取的希望之星/给勇敢装上轮子/演绎了巴中脱贫与振兴模式/仿佛电影中一个个生动切片/成为 12292 万平方公里的土地上纵横交错、经济腾飞的脊梁。”（《合奏一曲最壮丽的乡村振兴之歌》）诗歌与时代昂扬向上、梦想和奋进的精神气质高度契合。感谢诗人李欣蔓，用数千个日子缀满泥土和山花绿叶香味的诗句，讲述浓厚的四川故事，让我们珍视与现实血脉相连的诗歌所传达出的悠远、广邈的内质。《裂变》是一幅可以连接过去、现在与未来的诗卷，言有尽而意无涯。透过诗句，不仅仅看到巴中发生了天翻地覆的变化，更能感受到深深凝结的文化精神和乡村情怀。

2020 年夏秋于成都石不语斋

（向以鲜，诗人、随笔作家，四川大学教授。有诗集及著述多种，获诗歌和学术嘉奖多次。二十世纪八十年代与同仁先后创立《红旗》《王朝》《天籁》和《象罔》等民间诗刊。）

目录 >> CONTENTS

诗序　长风不息

一辑　闪烁的火焰

二辑　花开的声音

三辑　滚烫的乡愁

四辑　飞翔的石头

五辑　生灵的颤音

六辑　岁月的出口

附　录

长风不息

诗序

合奏一曲壮美的乡村振兴之歌

两千多个日夜
跋涉在大山的皱纹里
挖掘八年的浩荡智慧
同六万多名帮扶干部
怀揣颗颗刀斧一样的雄心

行崎岖、战严寒、冒风霜、找产业
倾听乡亲们带着汗渍的叮咛
像小宇宙爆发，斩断穷根

一件一件脱去疾病、饥饿、疼痛
和各种不同颜色的疑虑
替贫穷换上万紫千红的衣裳

随手摘取的希望之星，给勇敢装上轮子
演绎了巴中“1 +6”脱贫振兴模式
仿佛电影中一个个生动切片
成为巴中大地上纵横交错、经济腾飞的脊梁

六百九十九个脱贫村，四十九万脱贫户
手挽手，撕心裂肺地吼出愿望
抖动枯草下的方言
用政策解剖乡愁，以行动编织惊雷

镇镇通，村村通，户户通……
从一贫如洗走到五光十色
为梦想打开幸福的路

每一步脚印都踏出一个惊喜的词语
土地增减挂钩，易地搬迁，产业联盟
文旅、农旅……随意排列组合
连接长路的叮咛，句子靠着句子生辉

每一个字都是身体里淌出的血
从生活的漩涡中脱颖而出

悲喜与沉浮有时是熔炉，有时是大海
合奏一曲壮美的乡村振兴之歌

汗水芬芳的足迹

杜鹃与山鹰一起歌唱
我把这片深爱的土地当成一张锦绣的纸
把身体当成一支行走的笔

田间地头、五谷杂粮、寒来暑往
以及与乡亲捆绑在一起的喜怒哀乐
都成为抒写这片大地上的诗卷

村规民约在岁月里栽种成荫
建筑、嫁娶、农谚……
长成一个个绰约多姿的村庄

粮食和农桑滑过人们的指尖
“诗经”的意象闪烁奇异的火焰
村里那些叫小芳的草，风一吹
水淋淋地开出温暖的声音

人们热烈地活在自然界里
心中的高山越来越挺拔

喜怒哀乐化为宽大的胸怀

“诗经”俨然成为一种生命的认知与体验
一种文化积淀与传承

时间从身上长出标志，诗歌站在山崖上
君临天下，人们从春风里翻阅诗经

一些无法预知的考验
像一块沉重的石头击打着心
推助我奔跑在乡村振兴的路上

经过的事物都是物竞天择
成千上万的春天在路途迎接，嘱托
朝着诗意的方向，一程接着一程
尽锐出战，走出汗水芬芳的足迹

长风不息

风吹开刘海，右眉间的一颗小痣
像凝结在生命中的一点阳光

天桥上的半仙说：
眉里藏珠，自带文采

为什么天天写诗
那些不食人间烟火的句子
像失去花期，落尽叶子的昙花
倒映在太阳下
像是一只不会飞翔的影子

长风不息，南来北往的路
把凌乱的生活拖在身后
我重合在大巴山浓郁的荫翳里

调整思绪，写现实，写乡村
用诗歌剔除了生活中的枯枝败叶

一排排汉字吸收生命、尘土、风雨
意象从黑暗的文件夹中飞出来
鸟儿一样冲向云霄

那些触痛心灵的文字分散开来
仿佛一群群蝴蝶在阡陌上缤纷
唤醒了沉睡的生灵

看啊，春天落在身上
孩子追风滚草——
“你好啊，你好啊”，回应蛙声

我徜徉在童真之间
喘息声在黑夜发出响亮的回应
传达人类与自然的和谐
诗意漫漶

希望如翅膀舞着尘世的喜悦

像风穿越时间
泥泞的山路长满驻村干部的脚印

拨开又空又大的夜晚
忽然跌进深深的冰窖
用力深挖那些泥土里隐藏的秘密
村民却视而不见

我们的眼角流出痛苦而冷清的泪
被岁月的磨盘无休止的旋转

“那是一种比死更加难以承受的生
痛，敞开，让改革的时代找到治愈的良方”
铲除了埋伏的那颗毒瘤

严寒关不住生命的活力
新的希望如翅膀舞着尘世的喜悦
缀满无边无际的天空

各村开始土地流转，扶贫路上风吹雨打

柳岗坪、中营、碑河、中坝、园峰
铁寨、五凤、白鹤嘴、回龙村的乡亲

写申请，迈出的第一步让人心惊
一无所有朝前走，像走进了一种命运
那正是我们共同战斗的愿望

乡亲们挺起腰板说出两个字——
“想”和“干”

思想的大潮，汹涌出征的诺言
创新改天换地的过程

入户宣传，消除村民对政策的嫌疑
策划帮扶项目，与村民说发展
讲乡村振兴的根本

美妙之音，如滴水穿石
从他们胸腔发出长久地轰鸣

村民的拇指按在合作社致富的合同上
各种帮扶政策的光芒愈合了他们破碎的心
荒芜的山坡，果树冒出嫩芽

泪水夺眶而出的乡亲
忍不住大声吼出——
我们乞讨生活的日子从此结束

破译雷电霹雳

炊烟散入旭日
村民的脑子活，心气足
从思维涣散到集中精力，以痛止痛

他们在最硬的石头上刻下那沟通心灵的一句
——不满足丰衣足食，只渴望更美好的生活

喜鹊提来风声——
易地扶贫搬迁、东西部协作、教育扶贫
电力扶贫、驻村帮扶的各项政策，似刀、似剑
斩断沉重的叹息，化为时代的火炬

阻止暴风利爪，燃烧百姓心中的刀斧冰山
夜以继日破译雷电霹雳
前一夜的雨夹雪落在后一夜
便滴出春光

山村由童话故事蜷缩成一枚沉沉的琥珀
让那些疲惫的泥土抽出子芽

水泥路、共享单车、乡村公交车在大地上展翅神韵
天然气、养老院、研究生……
一个个名词抒写新农村的偏旁
分享流岚，走进万家灯火

“炊烟、公粮、失学儿童、老屋、油灯、羊肠小道”
这些词语已被楼房压低的暮色覆盖
成为乡土浩荡后的灰烬，穿越贫穷这道烽火

阳光、丰收、幸福……
这些暖阳的词语走向明天
草木深处的村庄，在夕阳中闪闪发光

乡村的图版成为奋斗的战场

吃百家饭、喝百家水、长百家智
乡村的图版成为我们奋斗的战场

我们与村两委并肩作战，建立各种合作社
同阳光、生灵、庄稼和谐相处

大地捧出金灿灿的稻麦，火辣辣地笑
乡亲最简朴的愿望照亮村庄

发改人与村民共同修筑的两口清泉
涟漪流过田园，白蜡、木瓜，菜园
染绿了乡亲的痴心妄想

金丝鸟翻动翰林院的书页
明朝的文人从烽火中撒下的种子长成树苗

山坡上布满勤劳的身影

每一步脚印都是通往幸福的村道路

学校里传来琅琅的读书声
惊动了山崖上的春风

被嘲笑的梦想闪闪发光

一

时间的脚步紧追不舍
我用笔蘸着墨汁一样的夜
记下白天的经历，痛苦的时候，我安静

同帮扶干部一起锄草、插秧、施肥……
踏着光阴的车轮到养殖场喂兔子、养小鱼

从个人抱薪到众人拾柴
引来春风吹绿每寸土地

不明真相的懒人挑起事端，雷声汹涌
闪电用疾速的光企图隔断幸福的纽带

生活突然降下暴雨，他们逢人便说：
不给现钱只办养殖场，是装模作样

村民的吵闹像是带着刀子的嘴
让乡亲内心的荒野开始蔓延

驻村干部抱怨、诅咒，内心漂浮、膨胀
又惊恐地抬头，生怕苍天会成为告密者

悲愤瘦如寒风，村里人哭、狗吠、鸡鸭叫
伴随着蜂拥而来的是一群找我们要扶贫款的村民

二

草木藏起委屈，我们肩并肩
在泥巴路上铺柏油，给千家万户送清泉
行动如夏日流萤点亮乡村迷人的风景

飞翔的翅膀滴着苦涩的汗水
那份热爱和期待执着地托着挚爱的羽毛
顽固地飞翔，不喊疼不流泪
像对峙的两只羊角，用行动替代回答

我们挥洒豪情，拨开路途的迷雾
拼命、勇敢，搞农作物套种
将荒田变为金子
用青春和挚爱耕耘着这片美丽的土地

三

月亮转动山峰般的梦

一些人高高在上地睥睨
我们从灵魂深处掏出来的文字

它们吸收万物的灵气
虎虎生威，唤醒声声布谷

我们勇敢的念诵
一挥手，句子发出虔诚的祝福
鸽子一样冲出云雾

从前满怀的抱负之心
幻想荣誉为自己加冕的想法
让此时的我，放下一切

花溅泪，鸟惊心，奋斗的历史，颤抖的天空
为那些脚跟深深扎痛大地的驻村干部而祈祷

表达时，那个赤诚的自己眼中发出寒光
随着屋檐下那盏善良的灯走出深深的夜色

村委会门前的榕树下——
摆小人书的，卖雪糕和小百货的摊主
不停地吆喝，兜售花朵的少女
安静地守住摊位，不主动招揽顾客

农家书屋、学校、食堂、医务室……
人来人往，自行车、公交车一辆接一辆

承载乡村的时光

田野麦浪灼动，汗水在沉默中回应
村民舞动镰刀，唱响《希望的田野》
踩着时代的脚步，跳亮生活，跳旺生命

村庄，一潭静水的腹地像投进一块巨石
激起生活的浪潮，激起人间的关爱

平静的日子被我们走得风生水起
行走的火焰写下未来的形容词
被嘲笑过的梦想，终于闪闪发光

用种田的技艺写诗

阳光如盛大的雨水铺排而下
一路一路的村民高喊李晓红的名字

声音从山崖上，河水中冒出
池塘的鱼跳起来

我奔跑，似风似雨又似花
朝着人们轻轻点头

在泥土与草木中寻求，游离
顶着暴雨，山塌方的危险
向灯火与炊烟倾诉——

把路途上的挫折当作生活的调味品
用委屈点缀心情，身后的脚印
比日子深，比梦更远

黑夜弓起脊背
无法防备我走在大小不一的山水里
遣词造句，写出大地的善良

岁月的鞭子一再抽打，我使出浑身解数
完成生活的忍辱负重

白昼之间，时间熬成皱纹
霞光打开每一个字的张力
给一草一木送去活水
拆除了村民心中的块垒
愈合了现实带给他们的刀伤
为坎坷的扶贫路上铺垫命运的转机

用种田的技艺写诗
粮食、草木与时间相敬如宾

耕犁翻开大地这本书
我点数群山、河流、秧苗……
泥土芬芳的诗句冒出田野
飞成清风，长成阳光
梳理山川河流的心事

一行行字宛如兄弟姊妹，互相宽慰
每首诗的意境开始返青
绵延在祖国的大江南北

它们意象灵动
让生活中那些过不去的坎
纷纷开花

裂变出一幅壮丽的画卷

小南风像尾随我八年的侦探，一直紧跟
季节含蜜桃，我适合写诗、弹琴……
奈何生活的鞭子抽打我进入田间地头
与乡亲一起在贫瘠的土地上耕耘

吃五谷杂粮，思想越长越辽阔
激情和田野刻骨铭心地融化在一起
容颜、感官、记忆变得年轻

道路两边的兰花开了又枯
脚步打开草木的虔诚
成为最具活力的动词

旧山川换了新韵——
种田补助，农具补助、家电补助……
让村民心里冒出希望，田野长满希望

他们开始饮酒、填词，写诗
广场上扭动的舞姿，踏着新时代的节奏

心里的幸福指数，噌噌噌往上涨

江河醒来，到处是春风走动的声音
无人播种机、收割机唱着飞扬的歌

给东风发去验证码，打开 3D 影像
巴中脱贫振兴的梦想降临视野

手机屏幕、百度地图发出咏叹
导航仪、定位器传来问候

城市的人们坐在茶楼，用手机扫开二维码
成交心满意足的生态粮食

那些捡拾稻穗的孩子长出翅膀
青年成长，美食入禅，一盘“施小厨”豆干
转山、转水，依然是千年老滋味
一碗干豇豆稀饭让疲惫的人在岁月深处心生余温

那种奔腾在舌尖上的味道
是人生蹉跎之后一次甜蜜的补偿

忽然，内心那脆弱的琴弦被什么拨动
篱笆墙、土坯房、麦穗屋顶……
冒出的袅袅炊烟，举起沉重的日子
浸染年代的久远

它们与烟袋、簸箕、纺车、棒槌
山歌、秧歌、童谣、民谣……
这些退出现实舞台的事物
沿着时间踩出生活的脚印
长成一座村史馆，长成一条源头的河流
洁净我，在生命中喧响、荡漾成一首不老的歌

无论踏进哪个村庄都能看出它的大山脾气
闭上眼睛也能回访它风雨潮汐的模样

每一条静水深流让我陷入彻夜难眠
“诗意山水中，红色巴中”
在建设“三市两地一枢纽”的社会主义现代化进程中
将感恩、奋进、团结、拼搏这几粒种子撒在大地上
山川河流、草木泥土裂变出一幅壮美的画卷

辑一

闪烁的火焰

腾　飞

——写在巴中恩阳机场通航之日

向下看，红霞漫涌
磅礴之势突破大地的空旷
河水闪烁成金子

山峰发出千年叠翠的光辉
一列高铁奔驰在诗意山水的画卷中
仿佛一只银色大鸟，追赶太阳

火焰一样的翅膀飞向祖国未来的航迹
抒写着老区人民世世代代的夙愿

早上七点四十五分，巴中的一只“雄鹰”
从恩阳机场向着首都北京呼啸而去
为巴中开辟了飞向世界的航道

春风暖化寒流
一朵云推动另一朵云，抚摸祖国

巴中人民欢呼跳跃
每一颗心都是修炼了亿万年的片片彩云
顶起了云层之上另一重蔚蓝的天

用星星和黎明记录的工作轨迹

阳光走成直线
我在村委会整理扶贫档案

柳岗坪、园峰、中坝、碑河、五凤
铁寨、回龙、白鹤嘴、中营
9 个村 200 家建档立卡贫困户 1210 人
从 2013 年走到 2021 年
因病、因残、因缺资金……

320 名帮扶干部
走访、调查、督查、考核、问责
每一种贫困，都有对应的帮扶办法

项目资金、大病补助、低保政策……
这些脱贫攻坚的“大礼包”被他们一一领走

落日掉进泥土
一页页用星星和黎明记录的工作轨迹
被乡村振兴的春风翻阅

镰刀与收割机，从一个田间进去
又从另一个田间出来，认领满地黄金

山河发出脱胎换骨的和鸣
声情并茂地酿出热气腾腾的生活

温暖的对话

“市长好——”
声音从石榴上滴落下来
每一句，都是深情的乡音
异常的揪心

何市长握紧苟桂英的手
为这位 1949 年入党的女村民加油

您遇到困难要相信国家政策，用它抵挡风雨
常给我打电话聊一聊家里的生产生活情况

市长的话荡漾在田野
惊喜和温暖着农人

苟桂英颤抖着声音——
中营村以前的土地荒芜
去年你们来了，科学技术来了
化解了村民所有的怨恨

麦子黄澄澄地笑了
我的老寒腿被县医院的医生接治了
扶贫政策为我的关节炎开了一张痊愈处方

今天穿着市长送来的大红棉袄
我的心就像麦浪上飞翔的鸟儿
鸣叫得欢天喜地

同心路

一

十月，在园峰村
1000 多吨水泥，400 多吨沙石，500 多方条石
变成路，变成一条走出大山的脚步
变成开进村庄的车轮

一条几华里的路
却包揽山川、河流、村庄……

它不是令无数人羡慕的 318 国道
没有那么大名鼎鼎，却能在每个季节，美出高度

一条小路，它和碧水相呼、与高山相应
串联起天马山、光雾山……
通向外面的世界

二

以往下雨，泥巴路拔掉人们出行的鞋子
村民叹气，抱怨：什么时候才通水泥路

他们追求幸福生活的梦想
承载时间的重量
让发愁的岁月冒出嫩芽
山与山之间让出路，交出河流

大车、小车、拖拉机、乡村公交车
从房前屋后开过，载满苹果、麦子……

一条“小路”，带着山村飞翔
打开了命运的锁链和绝壁
虽然曲折，却能驮满希望
让村民健步如飞地勇往直前

生生世世，沿着这条路穿越万水千山
呈现出一脉相传的鱼水之情
延伸着一代又一代的时光

巴山新居

像一阵狂风
建筑队开垦荒山野岭，推倒危房
将村委会护送到山下

乡亲们一梦醒来，茅草屋成为“古迹”
土坯房长出的旧事难寻觅
鸟鸣把日子叫得高低起伏

砖瓦楼房一层层往彩云里爬
屋顶飘出炊烟
正画着一幅新年的图画

易地搬迁

站在楼顶
多少目光重叠在一道彩虹上
就有多少惊叹集中在长天
相拥相挤相接踵

群楼接走夕阳
瓷砖墙和灯光相遇
寻不见那年破旧的雨

他们随手摘取繁星
堵塞在胸膛里的诗意喷薄而出

灯火点点，山上到处长满房子
错落有致地环绕着盘山公路
仿佛小小的村落腾空而起

一项项民生工程繁花似锦

怀揣沉甸甸的乡音在月色里积攒梦想

攀着拔节的薪水
幸福的泪珠滋润了回家的路

合作社

冬，以白日梦的速度走进春天
村“两委”一锤定音，成立合作社
这里终于有了风吹草动

村民早早地站在地头就像等待演一场大戏
等着合作社给他们分配干活的任务

累了，躺在田埂上打个盹
听到肚子打鼓的时候，吃食堂送来的盒饭

风雨交加，山沟里的春天，像变戏法
似乎故意折腾这些不服输的村民

他们咬紧牙关拼命干，人长在机器上
自己也成了钢铁，头顶上的头发灰白
谷子、小麦急于结穗，荒山忙着生发

夜空的星星像黑夜不眠的眼睛
捕捉尘世的每一丝美好
燃烧了村庄渐渐暗淡的幻想

电　商

一

走在界牌村，鸡犬相闻
拍下割水稻、摘樱桃，捡鸡蛋、杀年猪的图片
分享到 QQ 群、微信群，订单如雪花一样飞来

她冥思苦想，黑夜里起风
开始做自己的公众号
指头一动，市场活跃

水稻，樱桃、苹果、桃子，羊菇菌……
长出生态情感，用电商传递

她翻来覆去刷抖音，发快手，晒图片——
“优土农、施小厨”系列农产品传至世界各地
在大堆的点赞和一连串的询问里萌生友谊

朋友圈的朋友又发到各自的朋友圈

就像浪花拍打浪花，订单催促订单

打开山门，绿水青山就是金山银山
乡亲们手忙脚乱
将村庄四季的绿色生态食品
快递到城市的餐桌上

乡村的生活被互联网捞起
城市人追求的是那份天然的醇香
从里到外的原生态
完成从林间到舌尖的跨越

二

白天，一些游客踏着古蜀道
穿越古硐寨、古寺庙、古祠堂、古民居
探寻古石刻、古文献
农耕文化沿着历史脉络延续

另一些游客提着黄牛肉、兔肉，豆类产品……
来来往往，晚上，高高在上的月亮
看线上线下的村民，收微信上的红包

直到手指点得疲惫生痛
真金白银，就是生活富裕的奔头

退耕还林

日子化入朝霞，村民挥动锄头
刨开了大地的皮

柏树、松树、樟树……
升起万木竞秀的信念
长成了血液相连的近亲

这些与时俱进的姓氏在四季里随风吟唱
生命翻腾着绿波
回旋之美抚平岁月的伤口

生灵吞下草木的光辉
空荡荡的哨音惊醒群山

大树的种子随风落下
一片连着一片的树林
有条不紊地分开热浪

云朵倾听土地的心跳

累累的果实随风摇曳
村庄长高了一截又一截

每一截都是一个新词
仿佛人们不曾动用过的谶语
让狂风暴雨躲在树丫间
从时间里思考生命

生活的悲欢离合沉入绿色的海洋
村庄安静，风声很大

两不愁三保障

斗转星移，她积累了一些因地制宜的经验
流转 300 亩土地，贷款购置了两台拖拉机
延伸了养殖、种植业……

创业的蓝图掀起一场惊心动魄的发芽
田野倾倒岁月的谷粒，稻穗、麦子、玉米……
是她发出的豪言壮语，堆满粮仓

五颜六色的新衣服像闪烁的火焰温暖寒夜
孩子坐在村小学明亮的教室
大病有救助，门诊有报销
新搬进的住房，厨房、厕所样样齐全

“两不愁三保障”的扶贫政策像星光闪向遥远
照着曲曲折折的山路，追着她
令黑夜一厘米一厘米地与阳光转换

化解了生活中的问号
化解了生活中无数无助的问号

三农的和音

众神放飞的鸟
同村民一起点数群山和草木
生命升华的瞬间，仿佛飞鸿踏雪

在这里和亲爱的庄稼握手言欢
在水中捕鱼抓虾，捞起绿色生态的福祉
把山村秀成一句朴实的词牌

仿佛一株禾苗的心跳徘徊在风雨田野
一起唱和诗经，呼唤日月星辰

东风还未完成任务
村民像竹竿，我们一扶就能立起

汗珠打湿叶子，层层山峰长出金黄
收割庄稼，从刀尖上挑出一轮红日
丰收的惊喜寻遍土地上每一寸发光的精彩
传播着乡村振兴的芬芳

他们累成一摊泥，越累心窝越敞亮
孝敬大地，如同孝敬父母

星星眨眼的时候，我们小酌几杯红薯酒
目光燃烧梦里的狂想
住在身体里的山水长出萌芽的诗
像清风，吹来三农的和音

套　种

鱼和稻子种在一起
核桃和土豆种在一起
大豆和玉米种在一起

牛羊和草木种在一起
万寿菊和雨水种在一起

人和政策种在一起
稻谷铺开一片金黄
大豆、玉米、万寿菊……
一坡坡地连着，吊着
有的像字词，有的像标点符号
有的像孩子一样脸贴脸，嘴亲嘴

风一吹，发出鸟语花香的味道
与蓝天白云、朝阳晚霞
一起书写丰收的诗画

一朵万寿菊的精准扶贫

——写给女书记岳晓英

踩着雨点，大声喊着妹妹、姐姐……
无数细碎的小嘴吐出苦味
在风中一开一合
仿佛不是花，而是一片黄金

飘荡的香，宛如她口中悬着的南江河
装满青山、云影、雨水的恩泽
令飞鸟各鸣其声
唤醒高处那些蛰伏的姐妹

淘气的万寿菊仿佛潮湿的孩子找到了适合的空气
躲猫猫一样藏在花瓣中
每一朵花瓣的心跳应和着她的心跳
成为大地上的一团火苗

月亮一头闯进云里
万寿菊瞬间打开了所有的翅膀

春风一吹，山崖水边，房前屋后

漫山遍野的黄，黄到哪儿，哪儿就金灿灿
哪儿就长出一个加工坊，金黄的陈酿遍地流淌

订单手忙脚乱
打包的村民一丝不苟
发货单按部就班

街巷茶楼，喝几杯万寿菊茶
化邻里之痒，活四方之脉

村民结晶的汗滴
闪烁出万寿菊一样的光芒

堰　塘

白蜡树下，清风明月
神此刻居住在尘世最小的河流

小鱼吐出大泡泡，黑压压的一片
慌不择路地扩大事态的涟漪

雨水落户池塘，鱼虾迁居网箱
莲藕、鱼、星空，养肥月光

王大爷打捞生命中的五谷
家里的日子年年有“鱼”

春 联

迎着腊月二十的寒风
书法家们正伏案挥毫

一张张“福”字墨迹未干
村民捧在手上像传递春风一样
吹开了他们的笑脸

“天地和顺家添财，平安如意人多福”
70 岁的王奶奶小心翼翼地摊平对联
贴在堂屋、厨房、大门的两边

狂草的笔画大开大合
仿佛是竖起的山川河流
金色的浪花连缀日月

温暖的光芒刷亮牌坊梁村
把家里包裹成一团喜悦

出 嫁

新娘从唢呐声中
拜过三亲四戚、老幼尊卑

惜别邻里，一群蝴蝶从屋檐飞起
初开的蓓蕾向它们学会亲吻

风撩起姑娘的蓝纱裙
漾出一小片一小片的晴空

她舞动丝巾，山间油菜花开放
花朵像一个个少女穿着黄裙子
翩翩起舞，欢送她出嫁

花瓣镶嵌在一排汽车的玻璃上
仿佛一粒粒种子，陪嫁她

项目资金……
各种“民生礼包”接踵而至
都被她和父亲一一解压

他们穿梭于田野的千重浪
收割从饥寒交迫到丰衣足食的酸甜苦辣
没有什么让她放不下心

大地屏住呼吸
见证“咄咄逼人”的金色
如何穿越无缝的蓝天

雪亮工程

与 110 联网，高清监控探头
二十四小时睁着眼睛巡视中营村

风，肆无忌惮地入侵
两个凝重的影子翻过阳台
正在巡逻的治安人员
手机“呼呼”发出警报
不到十分钟，民警手到擒来

往年，夜色轻吞万物
高高悬挂在墙上的年货——
香肠、腊肉、鸡、鱼、鸭……
被苍穹凝视、星星祝福
诱惑好吃懒做的小偷

仿佛白昼之间，大家苟活于世
深陷囹圄，过年吃野菜
吐出来的是苦，流下的是泪

此刻，他坐在客厅，盯着电视
用腊肉、香肠……下酒
优哉乐哉地自言自语：
“雪亮工程”真棒
让村里“道不拾遗，夜不闭户”
平安无事

篱笆小院

比篱笆里的桃花早一些
牛娃随父亲去了海南
爷爷的影子放在相框里沉默
眼睑上无数虫豸嗡嗡地爬行
七十年没走出寒冬的包围

墙上蛛网缠住镰刀
风车被院子里的杂草簇拥
它们的希望都在无尽的期待中

院子越来越空
一群鸡狗从门前溜走
只有那棵倔强的老桉树斜出村郭

阳光照着低矮的房屋
有人离开，有人来临

院子被一位画家租赁
草木发出奇异的水果味

绿树掩映，蝉声鼎沸
游人踩着远山，围墙上山水起伏

大门上红纸黑字
上联是：荒芜之地
下联是：世外桃源

裂　变

“小兔子乖乖，把门打开”
她喊上两嗓子，声音就在风中抛出一道金光
兔子乱动的双脚刹那间停住

她拈起一撮萝卜叶子，撒向兔笼
它们的嘴巴不停地觅食
仿佛遗憾眼睛长错了位置

最近，兔肉涨价
她的欢乐也随之高涨

提起兔子的两只耳朵
心像准心的秤，伸出手指，掐算
一变二，二变百，百变万……

合作社年收入数字，呈现上升的裂变
人们发出惊喜的尖叫

阳光走来走去

她内心惊讶，笼子里的肉兔
眼睛透明得发红
似一个小媳妇的脸
荡漾春光

小舞台大人间

云朵守护着山鹰，乡村大舞台上
一群“晏阳初演出队”的青年人
他们说贫困，唱帮扶
宣传乡村振兴政策
路途上遇见风吹雨打

淳朴的民间川剧清音，花旦、青衣的唱词
字正腔圆，每一句表达出从容不迫
每一个招式都是帮扶工作的一个动作

戏与现实互为表里
背景上呈现风调雨顺、政通人和的场景

台下的看官与百姓听完
村庄就在自己的身体里发芽

观众鼓掌，打口哨
过路的人放开嗓子一起附和

一些村民左脚还在田头，右脚却已入戏
他们带着泥土的孕育、阳光的熏染、风雨的浸润
将好日子唱到戏里去

一如稻穗、麦子和玉米，饱满、沉实
翻滚着金色的光芒

土豆也有翻身日

一锄头下去，挖出的土豆牛屎蛋那么小
年年种土豆，却寥寥无几
中营村的每寸土地浸着乡亲们的血泪

风扬起春天
发改干部握住三农政策
和乡亲们一起挖开中营山

他们松土、施肥、计算收入
每一粒种子都是一颗春天的萌动
化解了村民的悲伤

他们提着水浇灌，脚印踩得深
白里透青的细碎之花，一开百里
土豆从百斤变成千斤……

穷不会生根，富不会走路
土豆也有翻身日

他们挖着挖着，脚跟变成了土豆的根
将幸福扎进泥土

洋芋如人心一般瓷实
分不清是土豆变成脚印
还是脚印变成土豆

白蜡园

春风和畅，谢大爷敞开朝思暮想的雄心壮志
用 60 年的经验与发改干部一起
打开一筹莫展的乡愁
重新给发黄的白蜡树，刷洗上色

几百里绵延的山坡，枝繁叶茂
成为他的“止痛药”
骨瘦如柴的身板挡住家庭的衰落

从云南购回的种子，拔节的声音
在日月与水天之间鸿雁传书

一只鸟落在树上，爷爷无端流泪
成为连接云南、四川的沧桑逝水

诠释着从前不敢奢望的梦想
仿佛一望无际的白蜡围着自己跳舞

与堰塘唠叨，同白蜡树互换骨肉

在它们中领略短暂和欢乐

一斤白蜡 280 元，万斤白蜡呢
他喜出望外，把烟袋当成钱袋
吧嗒吧嗒地品着，不停地摇晃

樱　花

远看似山峦
粉色的火焰跳动着
游人不停地拍照

过往的声音惊动了熟睡的树叶
满坡的樱花，都拖儿带女地迎上来

晶莹的花瓣如蝴蝶一样歇在树上
风雨里不同的神采
有时是花，有时似蝶
有时像村头刘祖母喜出望外的目光

今天早上又变成几个孩子的翅膀
它们舞姿翩跹，压住行人花枝乱颤的心跳

樱花缤纷着自己的纯真
从不为谁盛开，也从不为谁停留

多像朴实的村民，四季耕耘
让梦里的人也有无限春光

乡村公交车

山路上走来一位大嫂
独自一人沿着杜鹃花盛开的天气行走
衣服比花朵还鲜艳

一不小心，我闻到草木流出的清香
捕捉她如同捕捉一种神秘的语言

大嫂向我招手，回忆如灯盏打开
女儿出去打工，地里猕猴桃爬满树枝
桃子和梨子相遇
山野、河流蔓延着甜蜜的味道

车子颠簸，灯光晃来晃去
彼此不同的方言发出一样的笑声
不同的衣服成为一种颜色
黑夜在我们的高谈阔论中悄悄退去

鸽子飞来、鱼儿游来、虫子爬来
打工的人回来……
热闹与繁荣，让昼夜没有休止

农网改造

星星眨眼的时候
她准时往灯里添一点煤油

稀薄的灯光下，她习惯性地拉鞋底
或者补生活的烂袖子，偶尔用针尖捋头发
那是考虑孩子们明天吃什么

心中藏着的梦想正一点一点随着火焰颤动
又被忽然吹来的一阵微风扑灭

巧妇难为无米之炊，谷子发出霉烂的味道
她脸上的皱纹像云朵一样飘浮

晶莹的泪水成为夜晚的另一盏灯
陪伴孩子们学习，摇摇晃晃的火苗
无法承载通往梦想的脚步

身后传来琅琅的读书声
似一缕和谐的音符从朝霞中奔来

缠绕驻村工作队和电力工人艰苦的生活

他们在土坑里立起电线杆
无人机升起一台变压器
像门前榆树上的鸟窝，直插云霄

农网改造，让她伸手摁亮了黑夜的开关
心通上了电

一夜间，村庄睁开喜悦的眼睛
打米厂的机器声响彻云霄
煤油灯彻底退休

回龙村小学

王月琴、王轩、官晓丽同学
哇啦哇啦地背着——
白日依山尽，黄河入海流

我趁机倒出惊涛骇浪
随着孩子们一起背诵

邱主任说：读得好
你们是唐诗宋词里长出的一棵诗歌树
我们来浇水、施肥、修枝

琅琅的读书声飞跃高山
河流扬起的朵朵浪花盛开在天空

村委会聘请一位退休老师教三个学生
粉笔灰把黑发染成霜花

他告诉孩子：
小溪从唐诗宋词里流进你们的心田

长出芬芳四溢的词根，抒写村庄的美丽

孩子们嬉戏，摔倒又爬起来
晓丽朝着藏在林间的路闯去
像是浑身长出词根的力量
披荆斩棘，飞过大海

群山头戴阳光的花环
手风琴奏出优美的旋律
箩筐、米筛、扫帚……
跳起来应和

孩子们伸展臂膀
像小鸟打开翅膀
拼写诗与远方

村民杨文生

客厅里的投影是生活的化身
帮扶干部送来电视机、洗衣机、过年穿的新衣……

欣喜从田坎走向心坎
他笑脸上的皱纹
每一条都是通往幸福的路

一生都在脱离贫困
家禽、菜园小项目，在地里不停地长
他蜷缩在被窝里一动不动的梦开始发亮

摄像头对准他喝酒的背影
几个治安人员在房前屋后逡巡
路灯照亮他家的院子，无线网接通政策

腐烂的梁桩，黑瓦上不见的炊烟
一夜之间旧房变新颜
想不到花甲之年还能住上小楼

忽然几只红雀叽叽喳喳飞过头顶
他越活骨头越硬朗，按一下遥控器
喜欢看中央电视台的新闻

再按一下遥控器，轰隆的火车开进村庄
车头走出去了，车尾还没开进来

粮　仓

把丰收堆在一起
麦粒挤着麦粒
无数的希望，越堆越高
一粒就足以支撑我的生命

信　号

遥远的事物越看越清晰
从前，以学校的钟声为信号
她爬坡上坎，给丈夫送饭
油菜花搬动了所有的黄金
燃起爱的火焰

遇到刮风下雨，开山放炮
丈夫冷，得了难以治愈的慢性胃炎
胸口压在方向盘上
时间的倒影疼起来
如炊烟一样柔弱

现在食堂建在工地
十二点整，广播里传来秧歌舞的旋律
工地上笑声朗朗，抚平生活弄皱的日子

稻子自信地扬花

他背对大风，喝一口热汤
手握方向盘，眼睛朝上看

吊起一块巨大的石头
与命运反向而行

笑　声

红灯笼点亮小院
母亲卷起衣袖和面饼的声音
像光阴掌于手中，揉来揉去

堂屋的燃气炉上
一锅鸡肉嘟嘟地冒着香气

人们说着：生活从啼哭到笑声
吹走了腊月年关的暴风雪
一股火苗，熏红故事的眼泪
一树梅花对着客人笑

冬青树、柏树发出的响声
勾住藤蔓的安静
缠住鸡鸭、狗吠的欢乐

融化生活中锋利的冷

去年的歌声顺着中营山落下来
碎裂成雨后的霜

而走上这条路的
哪一个不是内心蓄满雨水
渴望唤醒花开

此刻，风掀开一群孩子的前襟
他们从小路汇入大路

五颜六色的衬衣闪烁在一片油菜花之中
刺痛了王大娘的眼睛

春风填平了沟壑
她不停地用拐杖点地

花朵弯腰，向她请安
融化了生活中锋利的冷

与中营村一位乳腺癌患者交谈

凝视片刻
嘴里发出一串临乱而热烈的问候语
像一群随风滚地的落叶
述说生锈的往事

污迹的病历溅满时间的泥泞
她干枯的躯干拥挤着皱褶的皮
生命的洪水开始退去

每天一阵咕噜咕噜的声音
从肚子里发出，不堪重负

叹气、痛苦，还有恨，挂在她的肢体上
最大的一场化疗，让生命已经蒸发殆尽
伸出去的手握不住空气

医生下了三次病危通知
家里渗透葬礼的悲哀

一颗流星划过，想回家的她
被护士挂上吊针

暗淡的天空，她一头撞到光明
满身的创伤被温暖浸泡
心悬着，针药杀死病毒

又酸又甜的生命气息
扑面而来

发改干部与留守学生

两扇破旧的木门，敞开
三个孩子蜷缩在一堆烂棉絮里
趴在同一条板凳上
把四壁皆空的房子画成一幢新楼
楼房上空的红太阳，白云朵朵围着它

风一吹，小鸟落在纸上
饥渴让他们呼吸困难，眼睛发直
鸟的翅膀合拢

风像凌厉的箭矢，射向对面山坡
忽然空中传来一句俏皮的吼声
“妈妈来了，爸爸到了……”
笑声引爆了这个疲惫的农家小院
作业本、彩色笔、水果……
哗然飞在他们面前

王叔叔比照片上的父亲亮堂多了，皱纹也多
累憨了，一个男孩嚷嚷着

孩子画出的波浪
仿佛涟漪一波一波地聚集成涛声
撞击我们的胸口，旋转出他们的梦想

昭示生活的明媚

蹲在巴人广场的天桥下
静静地剥木瓜，香味刷亮人们的惊喜

我每天上下班都会被这股香气吸引
今天，她像往常一样招呼
顺手递给我一个木瓜

笑声比春天还爽朗
我一边闻木瓜，一边说着感谢和赞美

她说，木瓜可以做美容面膜……
村里流转了两百亩土地种木瓜
延续前辈断裂的梦想

她不急不躁的模样
像篮子里那个坐着不动的木瓜
发出的香气，沁绿了春天卷曲的灵魂
荒芜的土地一次次疯狂地生长木瓜

她脸上被贫穷挤压过的皱纹
仿佛木瓜的容貌，正在舒展新鲜的光泽
向人们昭示生活的明媚

真金白银赶走贫困

跟着月影，一路小跑
跑得楼房一座高过一座
跑得砖瓦升起袅袅青烟

石桌上摆着合作社生产的果蔬和鸡鸭
村民的农家乐就是一个小小的祖国

一直跑一直跑，它们像风一样跟着我
跑到花朵开放的田园
麦浪和稻香已不是暮色里寂寞的心事

合作社按市场价收购粮食
村书记带头用土地、房屋和农耕设备入股
村民有了方向，家家户户以劳动力入股

五谷堆满粮仓，村子的宽怀，温暖着乡亲
科学种植，泥土里刨出黄金

一年涨过一年的数字
胜过芝麻开花节节高的生活

分红给老百姓的真金白银，赶走贫困
与炊烟一起抒写衣食无忧的生活

云顶飘香

山巅之上，千年的云朵像炸群的鸟
随着红茶、白茶、绿茶……
飘香万里

空中的歌声传来长长的颤音
三十二梁之间奔流着翠绿的心跳声

鸳鸯、画眉在茶香里细细呢喃
演奏自然的乐章
融化了内心那块苦不堪言的冰块

桃花、樱花在风中掀起旋涡
溪水扭动身体

欢乐，闪电般席卷我的心
万物传送绿色的颂词

艰难的日子发出炙热的光芒
眉宇间夹着草木的青色

枯萎的思想开始萌芽

河流之上，天空流动
天空之中，日月星辰走动

茶　农

青翠的鸟鸣伴随播种的宁静
村民逆光躬耕，闪烁的身影
仿佛昨夜遗落的星辰

有人在林中吊嗓，咿咿呀呀
夸张的吐纳，既像喊冤，又像念经
那是村民在练习商人的语调和眼神

市场经济深入天马山
山水之间的碧绿、葱翠，通体透亮

舞台、茶馆、温泉、民宿
润育岁月的朝气

草木传来喜讯

虫子彻夜歌唱
低垂的草木传来喜讯——
技术员给村民讲解资本市场的理念
专注的神情仿佛和村民携手对命运进行一场神圣的反击

丽水与巴中协作，鸟鹊衔来希望的种子
一千多双红手印按在合作社的致富合同上
人们惊惧不安的眼睛里飞出几点委屈与感激

连绵的雨水逼青田野
花香填满村民的愿望

天马镇上，茶树变成“摇钱树”的悲喜故事
刷新了人们茶余饭后的龙门阵

村民甩着手上的一沓沓人民币
一望无际的茶树发出哗啦哗啦的声音
梦想无拘无束地飞翔

扫亮愿望

村里蔓延着一种绿色的草
枝丫细小而密集，在她工作的单位
仓库后面栽满这种草

大家一根一根把它们捆扎起来
用它清扫遍地落叶

扫帚拢着散落的麦粒
轻轻安慰那些被遗弃的粮食
像是在收拢人们分散的心

如今柳岗坪村用它扫山路、扫落叶……
唰唰声让熟睡的人们发出安心的呼噜声

扫一下，方向明亮起来
再扫一下，就是前进一步

扫得人心安稳
隔空传来婴儿的哭声，时断时续

风声时断时续，像一场浩大的接力

柿子树高举火把烧红柳岗山
村民封存多年的愿望被扫亮
田野，大片大片的金黄开始下沉

春风吹拂

一头倒在地里，鲜血染红菜叶
在家族，生孩子是她唯一继承下来的大事

她挺直腰杆，支撑山路的崎岖
每天挑着两筐蔬菜从这个集市到那个集市

筐子摇晃，像夜色张开的翅膀，压低暮色
她在哪儿赶场，就把女儿带到哪里

两只手像一根忧伤的藤
孩子却紧紧抓着

“大锅、小锅”都无米，她抱着五岁的女儿
撕心裂肺的哭声，瞬间揪住了人们的心

煤油灯忽闪忽闪，看不清村庄的真正模样
心被横冲直撞的冷，撕碎，影子投在墙上
拉成一个走路的动物，反驳宿命
“她又埋头写一纸诉状或出走前的留言”

门前的一树石榴花照亮了暗淡的山村
村“两委”和村民像石榴籽那样紧紧抱在一起

一夜之间，她与村合作社签订了开垦合同
把命运押在自己的土地上，磨亮生活这把刀

南江河发出巨大的吼声
说出了这里惊天动地的变化

她除草、种菜……岁月托着她小小的身子
历经破碎依然完整，历经伤害却反弹出明媚的爱

春风吹拂，步子越来越矫健
从灶膛移到鱼池，再走进菜园子

内心寂静的空山，草木葱茏
她的脸蛋如石榴花一样红

小菜园直通大食堂

豇豆、芹菜、西红柿……
小小菜园子，村民把它们当成孩子
浇水、施肥、拉家常……

喂，红辣椒，你向着太阳长大
要保持刚烈的贞洁
香菜、地瓜、牛皮菜……
用芳香陪伴它们

而村民收割的手臂还在摸索
山药比萝卜的根扎得更深
白菜与包包菜越裹越紧
像是乡亲与发改干部的情谊

一辆又一辆运输车带着温暖、快乐，奔来
载着“小菜园”直通“大食堂”

蔬菜怀揣新鲜的想法
走上食堂的餐桌、饭店、宾馆的宴席

给城市送去“绿色的田野”

跳荡在舌尖上的味道
仿佛人们经历生活的磨难后涌来的甜蜜

碑河村

碑河村这个名字
听起来干涩、炽烈、坚硬
小不过一粒米的乡愁
大不过一个人的心

6.4 平方公里的土地埋下叹息与希望
形状如一个土碑，长成庄稼、荆棘

人们吃风暴、烈日……
那些悲苦或者亲人的不幸
安然地躺在地老天荒的另一个世界
止不住潸然泪下

而诗歌里的碑河村，发改人和村民手牵手
从土地的沉默中抽出新枝
山河暗自感叹

炊烟和庄稼画出一张政通人和的地图
牛羊出圈，粮食草木喂养着流年里的万物

村民像众神，攫取石头里的种子
火苗与绿色变换交融
游子找到回家的方向

泥土的清香长成一条河流
发出声声悦耳的祝福——
永生永世，保大家风调雨顺，安居乐业

铁寨村

老桃树的枝头，莺雀啄食花瓣
他俩手拉手大声歌唱
像快乐的琴声

懒汉王老三的百亩螃蟹横行水中
吐出一串串的五彩泡泡，挑战人世
他们伸手去抓，准备变成桌上的佳肴

看啊，不走寻常路的蟹子
躺下的，爬行的，都在水中集体创作
人们把它当作生活的插图

远处升起的一缕炊烟覆盖另一缕炊烟
为天空打开一条道路
人间的事物从未荒废

阳荷菜、苦麻菜、车前草、折耳根
香椿芽、冬寒菜对着文明的天空：喂
“我们是星星点灯”

中坝村

坐落在南江牛皮寨山
与园峰村、回龙村，形成了一个“大”字

千百年来，一条根延伸八座山
满山的草木郁郁葱葱

展开了乡村振兴路上的一个风景
它低于车窗，高于稻田

当我们在村委会的农家书屋坐下
春风走动的声音陷在红军打敌人的故事里
书里的石刻标语发出南宋的诗韵

抬头，一座座楼房向我们围拢
村里的大妈大叔一个个走上乡村舞台
川剧清音、竹琴走进千家万户

田野里收麦子的“稻草人”原来都是帮扶干部
他们与金黄一起翻滚

园峰村

影子按住脚步
田野飘来一缕清香

阴天，那些芹菜、菠菜……
绿的更绿，雨天，路上流水不断
密密麻麻长满丰收

村民漏在路上的麦粒
一场雨后全都冒出来
曲曲折折，一直长到家门口
他们一路收割回去

大片大片的麦穗如同遇上一群群蚂蚁
把一粒粒麦子运回家，收进柜子
等待远方打工回来的儿女品赏新面

晚风无语
小路爱它自身的蜿蜒和崎岖
村民爱它的沉思
我的心，一起一落

回龙村

石板铺成的小路
一头通往午凤村，一头连接产业园
吞吐出一个又一个黎明与黄昏

山路弯着走，静静的山林
被活蹦乱跳的山泉，转承、起合
又迫不及待地发出叮咚叮咚的声音

银花的香气绕着水珠，连接山重水复
蜜蜂追着蝴蝶，翅膀抖落花瓣

我奔跑在糖汁里，脚比路长
浩荡的春风唤醒大地

绿叶轻摇，仿佛爱人招手问候
云朵燃烧，嫁给天空

五凤村

流水咬出经年往事——
老屋摇摇欲坠，一头猪睡在床底下

如今，草木翻出新叶
染绿了通往邻村的石板路

搬进去的每户人家
餐桌成为新的庄稼地

村民现在是农家乐的主人
做自家的饭，招待远方的客人

吃蟠桃、喝白茶……
发出的笑声，暴露生活的新欢

一碟野菜、一碗干笋、一盘老腊肉
舌尖上飘过粗茶淡饭的味道

没有什么古老

树叶上的阳光如青春的表情

人们迈开清风般的碎步，哼唱家乡的歌谣
万寿菊、兰花、夹竹桃、扁竹兰手牵手

来来往往的人们站在浩瀚的花海之中
人世的沉浮与悲伤化为一地飘落的花瓣

柳岗坪村

看啊，大火球落下
一个老人不停地嚷嚷

柳岗坪“日照中心”像煮沸的开水
传来牛羊、玉米、土豆的话题

更多的时候是他们侧着头倾听：
成都、巴中……
想象着高楼大厦和城市的模样

婉转的哈欠和铿锵的喷嚏
伴着盖碗茶的余香
往事随着茶叶时升时降

就连 90 岁极少出门的王大爷
用膝盖预测头顶的风暴

每天拄着拐杖从来往的路人中寻找
曾经在弯曲的泥巴路边架柴点火

煨暖笑脸的影子仿佛化为一群群萤火虫
一点一点，亮了山墙上的月牙

此刻，她用拐杖敲击木地板
生活就发出快乐的响声

中营村

天空蓝到绝望
云朵如村民串门，走走停停，亲密无间
我们跟着奔波来、奔波去
在一声又一声的春雷中
纪检组长韩良举，第一书记李明松
同村“两委”一起策划更换变压器

路旁立着一幅手绘的巨型地图
向来往游客展示中营村新容颜
三国文化贯通村庄 AAA 级旅游景区

都是中华儿女，村庄的主人
理想展开在这里，每天为岁月开山铺路

村庄打造出鲜明的三国文化标记
锻打无休止的时间

品牌是文化的一种创意
中营村带给游人丰富的启迪

白鹤嘴村

一只白头鹤心无旁骛地飞来飞去

那股风对它喊了一辈子
从天真的年少追过来

喜悦像一滴滴晶莹的露珠
时而滴在它的羽毛上闪亮
时而爬在树叶上画图画

银杏、松树、枫树迎风摇曳
长得高大，却有易折之心

我站在一望无际的绿浪里
头上的麦秸草帽被风吹走

噗的一声落在白头鹤的身上
它的眼前一黑，像夕阳躲进草丛

辑二　花开的声音

光雾山峡谷

细雨斜斜
溪流在山间冲刷
恰如天上的玉带降落
融化沟壑里堆积的阴影

那种隐秘的吸引力
诱使我一步步走向深处
就像生活的插曲向下时
我的精神依然努力向上

站在半山腰上，点燃一堆干牛粪
火焰越来越小
直到太阳和月亮停止回旋
流水和云朵长出翅膀
上下翩飞

竹子、枫叶、映山红……
这喧嚣而至的深绿、金色、水红

重构另一座山

身体青草般茂盛
心像云水一样轻柔

戳穿时间的秘密

月光下的脸像地上的一片树叶
路过的人们
听到它在风中发出清脆的问候

我蹦起跳下，蹦起跳下
踩乱了无边的草色

那些遍地长满虫眼的叶子
一些在脚下，嘁嘁喳喳
和我捉迷藏
悄悄地化为泥土深处的寂静

另一些飘在空中与我对话
大地的思想长到云端

枯老的枝条冒出绿芽
万物茂密地生长
一下戳穿了时间的秘密
向我问好

打开天马山的梦境

树梢闪出点点星光
打开天马山的梦境

我在巨大的寂静中
细嚼巴中的祥和与安宁

松涛与生灵一倡百合
犹如悬挂着新世纪的洪钟
发出啼鸣

人们高喊天马山的名字
一排红雀翻飞雪花
行人顿住

一束爱的光照进人们心田
种下朝阳和晚霞

干净的岁月种下爱情
成为祖先

在寒风中报春

看啊，山坡上那片草互相依靠
它们正在丰满理想的时候
被村民割断或者连根拔起

与它们相逢
走在青草的呼吸里
踏过生活的荆棘
长成另一棵小草

言语在宽窄的路途走来折回
如草一样根连根
发出的声音加重了世间的悲伤

冷言冰语滴落在阳光中
绝望，悲凉长成生命中重要的刻度

狂风暴雨一层层地覆盖大地
却无法覆盖这样一棵草
在寒风中报春，竖起未来

春来了

山坐着，水奔走
油菜花给桃花、梨花发出短信
飞来飞去的蜜蜂，啄开了草木的心事
转达互相的问候或者爱意

越来越大的白云擦着红脸蛋
菜园里人影来回移动

帮扶干部的关怀像春风
把孩子的忧伤吹得干干净净

他们挥动手臂，赤橙黄绿的新衣服
像燃烧的火苗爬过春寒的大地
远山慢慢有了层次

那些正要出发的开放的无数游动的花魂
在这活泼而轻快的涌动中

下潜，转身，长成校园的花朵

田野里的小兽不知什么时候
踮起脚尖，悄然隐匿……

惊　蛰

梨花吹过，山岗动起来
风的腰带束不住季节的豪情

春雷袭击暗夜的声音
赶走我心里的雷声

撒种的村姑唱起山歌
大雨带来深刻的农事

几只花尾巴喜鹊
反复传递惊蛰的消息
月色、溪流照见它们碧绿的鸣叫
哗啦啦，嫁给远方

地气蒸发的馨香，赶走病毒
绝望中的绿，爬出来舒展身体

一阵窸窸窣窣的声响

牛羊在山坡上啃食春草
自然界习惯了顺从与叛逆

雨水淋湿的斗笠与蓑衣
行走在每一片秧苗上
翩翩起舞

天马湖

星星落在水里
湖面缓缓吐出清风

站在木桥上与细浪深谈
清爽的气息打通了沉默的歌喉

声音流动在蝉鸣摁住的夜晚
树叶喊出每一个星辰的名字
蛐蛐扭动黄桶一样的身躯
摆脱了压在背上的朽木
唱出“夜晚欢歌”

耳边的松涛像远去的摇篮曲
我恍然穿梭于丛林
发出浪花一样的呓语
碎了一地

影子仿佛火焰
燃烧了心中冰封的海洋

生命与自然突然转换形式

山体陡然升高，湖水闪亮
像是天马山腰间镶嵌的一颗宝石
蓝莹莹的涟漪修饰锦绣山河
分不清天上还是人间

蝉　鸣

雨掉进森林
看夕阳之下远山的风景

清风吹过身体发出久违的蝉鸣
落在山崖，落在灌木丛

在生命的夹缝里冒芽，茁壮
开成翅膀，飞出花朵的焰火
为绿荫反复唱着明亮的歌

天马山长在一个加速度的时代里

顺着天马镇的一条路线
抵达你 2297 公顷的心窝

旺盛的森林、湖水、温泉、民宿、舞台、茶馆
长在一个加速度的时代里
润育古老的生机

蜜蜂从每个人的身体里飞进飞出
与祖国各地互传花粉、青绿……

甜蜜的甘露自由流动
闭上眼，游人跳进无限循环

茶香迷住晚风
仿佛人们的身体栽种在翡翠般的原野

松涛阵阵，一些人在林间捉迷藏
而我们躺在草丛里

像是坐在汹涌的海底
翻一下身，山便矮了半截
醒一次，光阴就长大一次

睁开眼，一团团火焰
坐在天马山的怀抱
与我们交换新绿

叫醒服务

卯时，鸟声骤响
那是天马山坚持千年的叫醒服务
缝合了时间的伤口

风从森林里奏出轮回的交响
花圈覆盖新坟

好像死者回顾完自己忙碌的一生
将四季的热闹带进梦里

明年春天，梦的种子破土而出
她看着穿花衣裳的女娃
在雨水中回答各种农业命题

桃花、梨花、油菜花……
它们齐刷刷地朝向天空
向世界问好

隐身绿林

沿着石阶而上
仿佛隐身绿林

走失在萤火中，与星星捉迷藏
蛐蛐哼着小调伴奏
蜜蜂在花丛中谈情说爱
无人过问他们的简历和幸福指数

大树伸出手掌欢迎
走失的岁月藏在野果里

天马山的乡亲开辟林海新的出路
古老的树木焕发出挺立、茂盛的青春

我们走在这条路上，闯进明月的镜头
从傲骨中嘬出一声长啸
落入滚滚松涛

柚子树

静静地站在路边
为路人遮阴，点头

过往的人，围着它，摘下渴望
小小一瓣就可以解馋

树枝举起灿黄的火焰
风一吹，向人们发出饱含深情的问候

叶子闪光，串串果实述说沧桑
影子化掉生活的硬块

无围栏小院

走进公路边的李忠周家
一座无围栏的房子

一头小牛嗷嗷地叫着
像报春，唤醒了沉睡的人们

土墙边停着一辆木板车
房屋左侧水泥梯子无围栏
整个房屋前后无围栏

房顶上裸露的寂静
被风轻轻吹散

房前大片的菊花怒放
屋后婆娑的竹影、桉树
还有一丛玫瑰，悄然挺立
像是土地挤出的鲜血

风吹来的声音响过往昔的牛哞声

这么多大然围栏，一片绿色酿成的时光

人与人、牲畜与牲畜，以老面孔相对
天上白云朵朵，一个天然的精神道场

接受加持的我，开始游荡
目光被那无围栏的时光，缠得多么快乐

生活的伤口在这里自然愈合
“阳坡的野花开到背阴里
树荫的鸟巢又挪进屋檐下”

仿佛他们专门不修院门与围栏
沐浴春风春雨

樱桃树

铁娃，吃午饭了
微风送来父亲的呼唤
沙哑而苍老的声音
敲击着田野

父亲唤一声，樱桃动一下
铁娃吃一颗

父亲越喊，声音越大
一颗慈祥之心高出尘世

太阳大，果子低，他假装没听见
一口吞下一大把樱桃
再眯着眼睛，假寐
光线像一只小鸟在枝丫间串来串去

樱桃朝他投去深深的一瞥
父亲不停地喊下去

那爱抚的声音混合着鸟语花香
释放出幸福的滋味
久久地回荡在山谷

青春打开一扇门

——写给柳岗坪村的两位女大学生

一朵花正在拔草、摘菜
披着露水，与母亲做伴
擦亮孤独，割取茂盛

另一朵花，走在集市上
不停地吼着——
“新鲜的番茄、黄瓜……”
清脆的声音引来一群喜鹊

587 分、605 分的高考成绩
像鸟儿一样传播音讯
大红色的录取通知书如飘散的果香
流淌在村庄

母亲种下的两朵惊喜，竞相开放
晚风放大了她们的声音
红鸟夜以继日繁衍生息

唱出她们手捧录取通知书的心跳

青春为她们打开了一扇大学的门

镰刀插在土里，背篼放在手边
村民举起手中的麦子，舞动

红雀的翅膀摩擦余晖
呈现出静谧之间的一种交换

孩子乘上飞机，在天空绘制闪电
打开万物枯荣的秘密
捕捉光阴流逝的影子

花开的声音

看啊，梨花、杏花、油菜花……
像策划好的一场出游，随风欢快地奔跑
像我八年的驻村生活，山一程，水一重
解封心里沉睡已久的名词、动词、形容词……

鱼虾戏水，鸭子撒野，兔子飞出笼
春风叫一声，稻秧绿了

稻秧绿的时候山水也绿了
稻花香里养着年年有鱼的无限憧憬
这些句子重叠起来，秋天出动收获

果子砸在头顶，迎面撞上的那些人
踩着花瓣铺成的路，跑过去，跳过来
与五颜六色的鸟抢着啄食姑娘裙边上的葡萄
一起吐出大地的福祉

在名词里沉默，在动词里发声
在形容词里绽放表情

在思绪里寻求再次与村庄相遇

开出的语言之花
像问候，被人们拦截

用时间之手插在祖国的南北西东
花开的声音像春雷，惊醒万物

光阴堆积落叶

歌声、斧琢声
顺着春风落进心里
越长越粗

树干膨胀渴望
从伤疤里发出喜怒哀乐的声音

我蹲在旁边
抬头，天地之间风来雨停
低头，时光堆积落叶

下一秒，树枝托举天空
光阴养育万物的朝气与迟暮

我使劲往上蹿
快乐，如风中的一片绿叶

果　树

下午，雨声潺潺
雾气从眼角升起

仿佛听见山坳里传来
哗啦、哗啦啦的谜语

对着松树、杨树、桉树说——
你们高耸、峭立
让我仰望，脖子酸痛

太阳花、三叶草盛开
一朵一朵，在嫩嫩的绿叶上舞蹈

它们和谐、谦卑，那样浑然一体
我再次躬下身子，低下头颅

那些青涩的果子高矮排列
与我一起伴随八月的炎热

在太阳下晒脸，在雨雾中洗澡
在黑夜中数星星
长成甘甜

乡村就是孩子的乐园

翻墙，摘野果，在水上演草上飞……
乡村就是孩子的乐园

晒得像个泥鳅，不是教室太小
而是他们生来就长在田野

常常蹲在地上，用树枝写字
画鸟儿、花朵、飞机……
学着草木和秋虫的羞涩与果敢

火焰从他们的手里长出来
孩子们又撩开叶子刨地瓜

他们撕开皮，把地瓜送给赶路的人
无论他们贫穷还是富贵
都当成亲人，一起吃掉甜甜的生活

时光漾出碧绿

第一次下乡
篱笆上的喇叭花吹出快乐
大妈顺手递来一根黄瓜
姑娘，从哪儿来？累了吧
四目相对
那眼神和关切像是我公婆

大妈甩一把汗水
青草弥散着“粪香”的气息
陌生的村庄，熟悉的声音
草木将我当作重逢的故人

果子落地
大叔去年也跟着命去了天堂

他一生都在缝补干裂的大地
春风的速度来得猛烈
他和花香缝补山坡的伤口

抚摸大妈清瘦的脸

菜园、草木越来越挺拔葱郁
带给大妈生生不息的温暖与希望

我大口大口地吃着黄瓜
绿色的肋骨发出不安的惊叫
乡情填满内心的沟壑
时光漾出碧绿和辽阔

梦回故乡

乘一叶小舟，向下游去
在波涛上轻轻一喊，一座村庄闪现

这是我梦中的故乡
通透的蓝天赶走我的漫漫暗夜

冲天而起的花朵与星星为伍
融化了天地间的哀伤
潮湿的皱纹长成小溪从脸上淌过

我成为一条鱼，悠闲地穿梭于自己的领地
接受翅膀的邀请，倾诉同一个渴望

梦醒的早晨脸上洋溢着自信
每一米空气都荡漾着百亩的好运气

水光照耀家乡，我拥有村庄的清丽
不用多余的修辞
已经沾满我书写生命的纸张

梨　园

隔着树枝的距离
花瓣的白浮动着天空与大地
从未如此富有过

敞亮的清风和香味
代替我成为起伏绵延的春城

苍穹里划过流水的声音
蜜蜂成群，香在幸福的蕾上

我写《梨花诗》，作《梨花赋》
平平仄仄的花瓣，起起伏伏
吐出黄灿灿的果子

伸手摘下一个，啃两口
清澈的甜啊，久久萦绕在心间

影　子

走在两村的岔路口
漫天的星星酒醉一样到处跑

桉树张牙舞爪
我双手接住影子，怎么看都像匕首
仿佛随时准备刺向谁

夜空传来笑声，它没有反应
放声高歌，它无动于衷

我捡起路边的一根枝条
不停地挥舞，把月光晃成碎片
与影子比锋利

走了三年，总是在公交车转弯处
踩住影子，路不再孤独、树不再孤独
好像我，此刻也在经历孤独的过程

而影子总是伸出手

像是要搀扶一把的样子

星星落进眼里，我走出黑暗
它们仿佛一滴滴绝美的泪珠
影子散射耀眼的光芒

小　满

麦浪送来金铃般的笑语
如跌落一地的阳光

学校犹如麦田
孩子像追逐着蝴蝶一样追逐着自己的梦想
像采摘野花一样采摘知识的绚烂
像麦穗灌浆一样，成熟自己的思想
在求学“小满”的季节，抽穗，扬花，结籽

今天迈步在社会这块麦田
朝阳撒下第一抹色彩
草木混合的香味在空中打结

我们穿过庄稼
随着一片地火奔涌的烈焰
记住了劳动创造一切

自身的伟大恰如沧海一粟

丰饶的业绩，恰如事业的“小满”

希望自己长成一束麦子
低下谦逊的头颅

落　叶

一阵风把落叶吹到草垛上
累了，我在上面打滚
和另一片落叶成为朋友

我心痛它的渺小
生怕身体的重量压得它无法翻身
而厚厚的草垛下面，埋藏着万吨芬芳和鸟鸣

落叶安静，坦然与乐观的姿态
像风重新吹亮的一只蝴蝶
忽然飞出黑暗
天真地祈祷人间幸福

金黄的叶子像一片片翻滚的金刀
在马路上嚓啦、嚓啦
切割岁月，却飘不出尘世

转身，一个猛子
“扎进泥土这片大海”

时光碎成露珠

风吹来吹去，像迷茫走动的树叶
翻身，死死按住尘世

时光碎成露珠
一丝丝凉意从衣角袭来
风声雨声爬过心脏

草丛中的小路在自由伸展
来来往往的人互相问候

像走在经过的岁月
不同的事物选择不同的季节生长
让生活中的每一个方向都在改变命运

那些野心未灭的枯叶随风起舞
如谢幕的火焰

携带天空，穿过风
被踩在脚下

格桑花

一个孩子拉着另一个孩子的手
我跟着他们转圈圈

忽然，看见一片童年的花
原地不动地趴在那儿

黄色的细瓣撑开守望
孩子们顺手摘下骨朵

我急忙捡起一根柳枝
拦住，拦住他们，大声吼出——
不要毁掉花朵的生命
不要让翠绿的大地荒芜

话一出口，雨点像眼中射出的利剑
追赶着孩子
雨点化成花朵，舒展笑容
野蜂酿蜜，传播甜蜜的空气

天地对视，生死对视
一群麻雀不管不顾
朝着花朵扑去

稻草人

保持距离，对视成一种神秘地默契
好像是爱慕的情侣，并肩固守这人间山水
成为两个路标，落地不能生根

好像一对傻子，飞禽走兽都会啄几口
它们却不知道什么是痛

风吹透它们空虚的身体
怎么也吹不动一颗小小的心

它们张开两臂
像一个永远长不大的孩子
皱巴巴的梦一打开便是星空

夜行的人把稻草人当成火焰
路过的和回家的大人与孩子
走到十字路口

没有一个向它问路
却能找到回家的门

路过南江

一齐用力
把烂泥路推移三米，路一下子宽了

生灵露出得意的马脚
萤火虫坠落，冻僵的种子
沾染上一点火花，长出骨朵

鲸鱼拖着河流向前
风拉起万吨清波
拭下丑恶、肮脏和被掩埋的一切
拭下骨髓里的污垢
拭下一生总也拭不掉的平凡
拭下一生都不忍抛下的眷恋

战栗的灵魂在震颤中回归
用卑微的方式
用简单的方式
活着

梦

借着月光
用几根草将树苗缠在木棍上

一滴滴水珠在脚趾上跳来跳去
山坡上的柿子齐刷刷地点亮灯

我走路带风，吹走柿子的甘甜
解救留守学生的饥渴与等待
路过的人神色和缓

柿子对着明晃晃的月亮——
梦见燃烧的太阳，教室里的灯

桃花酒

月儿露出笑容
他们从桃红柳绿进去

渴了，和着春风，对饮两杯桃花酒
饿了，大口大口啃食桃子

树上的小鸟飞来飞去
唤醒他们身上一朵一朵的花

他们和小鸟眼神互换
相思的脉络长成一首诗

仿佛生活迷失在树林
村庄变得深情款款

桃树列队，花朵举起青春的憧憬
爱情的甘醇与甜蜜掀开了五风村的红盖头

风独自离去

风擦去哭声
吹落了他们的草帽
吹干了皮肤
吹得草叶翻滚，忘了自己有根
吹得树木展翅，以为自己是鸟

我忽然认出那些正在田间劳动的人
他们你追我赶，鞋底沾满泥土
身上滚过的声音
压不住自己纷飞如雨的泪水

树叶上落下的雨滴替换了他们的眼泪
冰凉，呼啸而来又呼啸而去

树叶散开，景物在空气里来回走动
他们纹丝不动，风只好独自离去

攀　登

沿着石阶而上
穿行在天地之间，正好回望

山坡上的孩子们晃动着太阳般的脸蛋
我想把他们带到城市
嘲笑矮矮的房子

山冒着烟雾，抚摸我的脸
却碰不到我的心

一步步脚踏实地的攀登
勇气筑起内心的长堤
比星星勇敢，不动声色

远处流水冲刷跌宕的山峦
隐秘的力量，让它们安静

山道草木怡然
成群的红雀争相筑巢

伸手去抓，鸟叫的心碎沾满全身
卑微的闪烁仿佛灵魂经过

我占山为王，悠悠白云
闲在眼前，齐在腰间
擦净天地尘埃

油房沟

狠下心来大声高歌
招来了一群鸟
跳跃着啄食花草

正在收割油菜的大嫂
发出一声爽朗的笑声
割断的希望又长出生机

油坊外，啃骨头的老狗
未能惊扰野花的绽放
油坊的香气飘来
沁人心脾的味道让我萌生斗志

恍惚中，登上山顶
斑斓的影子浮出一串串的果实
周围悬崖万丈
像人生中偶尔的突围
一颗心悬着

突然，喇叭声响彻夜空
我愣了一下，乘上公交车

像漫步在群星回旋的宇宙
那么温暖，那么广阔无垠

石　榴

风点燃的小灯笼，一排排一坡坡
带你进村，照亮初春大地
修改了一张张刀斧凿过的脸
压不住的躁动像是从地里冒出来
发射新生的希望
人们以为是春节卖灯笼的墟市
从山地走到山顶
一些迷路的人眼睛亮起来
影子恰似吹不灭的颗颗石榴
摇曳出村庄红火的日子
与祖国的命运共同起伏悲欢

落地生根

鸟儿停在树枝上
一边哼歌，一边筑巢

我学习鸟儿勤劳的美德
夏天和村民一起打捞鱼虾
秋季共同唱着山歌收粮食

稻草上几条虫子蹦跶
勇往直前地寻找目标

我学习它们热爱生活，笨鸟先飞的精神
从沱沱河跳到巴河，影子面向阳光
朝着诗歌的海洋奔跑

一行行文字涌出波澜起伏的含义
水光照耀，我把长路跑成蹄声悠扬

一声连着一声喊着长滩河的名字
喊一次，故乡就颤抖一下

一座座山、一条条河、一个个村庄
从四面八方围过来，把我捧在手心
一直送到远方以远

再喊的时候，从梦中惊醒
我环视村庄，影子对着朝阳抖动
甜蜜的生活推挤我
仿佛大地从内心发出的潮汐
身体长成一根青葱，落地生根

秋　天

核桃树掉下一个秋天
我接不住，使劲喊

喊叔叔、阿姨和游人一起接
回音，惊动了百灵鸟
歌声引来花姑娘

我们一起喊，直到喊出来的果子
砸在满地的核桃身上，坚硬碰触坚硬

就像花姑娘身穿五颜六色的衣裳
内心那份对爱的执着
就是核桃坚守内核这个真理

辑三

滚烫的乡愁

打工时代

一

风摇动青山，炊烟断了
一些壮劳力接二连三地进入城市

他们用身体扛起生活的重担
修筑城市的高楼大厦、守候工厂……

城市一天比一天膨胀
剩下的老弱病残和孩了
住在土地的伤口上

一些人站在村口张望远方
另一些人每天与无所事事的农具一起
打发日升月落的光阴

那些门窗紧闭的农户
仿佛在坚守着乡村最后的秘密

不知哪个方向，偶尔传出一声空旷的犬吠
悬挂在墙头的锄头、镰刀离开树林、土地
放弃砍伐，对抗，纷争，隔断与外界联系
闲着闲着，锈就盛开在铁的骨头上
镰刀少了磨刀石的锋利
日子像一堆凌乱的草

天井边那棵开裂的榆树皮与腐木发出的气味
让盘绕的蛛丝在旧梦中织着一张新网

石板上的一层青苔与身上泛动的黑光
悄无声息地堆积在老人茫然失神的眼眶里
变成愈来愈厚的积雪

他目光游离
仿佛牵着一条牛走在天上的街市
目送一叶水舟，而黄昏下
影子成为不可替代的自己

看啊，大部分地荒了，人走了，房空了
连鸟雀都耐不住寂寞随白云流浪远方

二

寒露来临
半个月亮趴在衰草上

他急促地推开家门
院子里空荡荡的，无人理会

每天绕着老屋转几圈，拂晓
抽两口叶子烟，然后拿起弯刀去割草

他像是割掉空旷的原野
岁月的锈迹隐身在薄雾中
他不忍心过这种颓废的日子

田里两个六七岁的男孩子
小狗一样四下乱窜

打工时代，农具把表演的舞台转给了杂草
冬天，素净的芦苇则被收割一空
部分编成席子，部分化作村庄上空的炊烟

三

门上一把锈锁，窗户黑洞洞的
在山沟沟里窝了几辈子的老人
胆子小，脾气暴
除了亲眼见到汗珠子啪嗒啪嗒滚在泥土里
其他的一律视为陌生

时间向前，乡村残酷的生活让人刻骨铭心

城市成为村庄隐秘的锈，锋利而无情
老农将房屋的瓦片翻开，一盏灯亮起
仿佛孩子们渴望的眼睛

城市与村庄虽是大自然的骨血兄弟
却把乡村伤得最深最痛

麦子的流年

他挥舞镰刀
麦浪如泛黄的族谱记录生活的情景

儿子长大，留在城里工作
他被抛在乡下，自给自足

黑夜被他摁进烟锅
火苗牵引孤零零的麦茬
它们团结在一起

像孩子在火中跳舞，噼噼啪啪
几百里地的山坡爬满火焰

麦穗从麦秆抽离
多像孩子从自己身上抽离

祖父抱着它们
发出一波又一波的香味
爱起来没有分寸

往事捆紧麦子——
小孙子打工，随着精彩的世界
却干着小偷小摸的事

流言蜚语如麦芒一样撞向爱的刀口
撞向岁月的刀口
麦子的流年浸染着人世沧桑

金色染黄青丝，滴滴汗水点亮心愿
大孙子研究生毕业，考上公务员
就是麦子走过青涩，挺直腰杆捧出金黄
仁慈的麦地给人们命根与希望

唢呐吹出滚烫的乡愁

左边院子里，锣鼓喧天
唢呐吹出滚烫的乡愁
右边学校里，歌声飞出田野
他们用不同的方式祭奠老人

在这里，听不到哭声
老人沿着一条万物的生命之路
走进泥土，成为一粒隐藏的种子

雨不断地刷洗着大地
来年校园里的鲜花开放

孩子们把它们做成花环戴在头上
沐浴阳光和雨露

失去的美好悉数收回
一些痛苦，诀别人世的事物
倒下去与草芥做伴

山　歌

从十六岁开始，父母双双病逝
扁担从她的左肩挑到右肩

日光像一把尖刀切割着她的每一寸肌肤
跃跃欲试的理想变成了孤独的影子
一个小女子撑起生活撇下的三张小嘴

走一路，唱一路
吃玉米、土豆、红薯的嘴
发出的音，清香，滋润草木

唱累了，喝一口清泉
发出百灵鸟一样的声音
胳膊上渗满的汗水宛如音符朵朵

山歌把几座山峰拴在一起
声音抱紧她们三姊妹，踏过路边的荆棘

山歌落在地上，枯草说出春天的去向

一条碧绿的河水吹送着这个春天回家的背影

山路泥泞，雨水打湿的衣服
紧裹着她优美的曲线，水桶压弯她的背
四周树叶沙沙地响

山歌落在云上
黑夜捧着月亮这块美玉
她唱出明澈的歌
填满空空的山谷

每天担水唱到岔路面前聆听
山歌便戛然停止，她卸下双肩的负担
却卸不下心里那块沉重的石头

此刻，她默默地选择
以此来显示生活的各种可能

故乡便是归途

走在小路上，玉兰花、点地梅
每一个名字都藏着一个故事

村民和我拉家常
陶醉于眼前暗自涌动的那片芬芳

喜悦波浪一样打开心房
归途甩远身后的青山

那些在时间的缝隙里偶尔露峥嵘的杂草
让村民的脸上呈现出习以为常的表情

每年走在回家这条路上
任何交通工具的速度跟不上心跳的速度

少年时走过的大路已经萎缩
童年爬过的树无影无踪

瓦片碎裂的声音一圈又一圈地缠绕大山
杂草变成麦地，水泥路带来震撼

头顶的月光，远处的狗吠
心中的秘密，成长的心事
替他擦去圈养在体内的灰尘

在钢筋水泥中寻觅生活
螃蟹一样蜕掉乡村的壳
骨头上的泥土却怎么也蜕不去

从草木喂养的梦境中
抽出一丝久违的乡愁
迎面撞上儿时埋下的果核
现在它们已经子孙满堂

他惊讶于一座桥的消失
原来用一些粗木棒搭建的桥
时间久了，木材上长出朵朵蘑菇
踩着它们过河，像穿行在云间
看青冈树、桉树、枫树长满两岸

云雾深处荡漾着村庄年轻的模样
田间地头传来哥哥唤我的声音

仿佛往日的家乡刻在自己的身体上
长成一张美丽地图
不管身在何方，故乡便是归途

梦爬出来

暖风欢快地跑
羊群像浪花碰触云朵
停停走走，走走停停

王大爷躺在这里，听咩咩的声音
在自己灵魂深处游荡

仿佛它走投无路，奔向自己
每寸骨肉才能解除疲倦

我们每天路过王大爷的门前
恍惚之感然而生
情不自禁油地问一句：在忙什么
忽又惊觉，这个开屠宰场的王大爷
被一只迷途的羊羔唤走

星星停止敲打夜空
中坝山在寂静中冉冉升起

空荡荡的山坡坟头高耸
远远地看到王大爷的梦从土里爬出来
风一吹，草便绿了

母　乳

鸟鸣密集，网住她的悲伤
浑浊的泪敲打着怀里的孩子

饥饿的哭声变成汗水，打湿她的衣服
结晶的盐刺入体内，心痛没有节制

她看到沸水里的红薯
仿佛是翻滚的几块肉骨头

腊月的敲门声越来越急
她忍不住打了一个寒战
狼吞虎咽地吃完红薯

孩子含住母乳发出呼呼的声音
打发年幼的时光

劝 架

张老头骂王老汉断子绝孙
王老汉说张老头是酒鬼
不知哪天会喝死，他们怒目相对

从土埂骂到水田
鱼儿吞下恶言恶语，跳起来
村民把泥巴踏得噼啪作响

表兄弟住一个小院，相依为命
被一壶酒烧成仇敌
各自从心中掏出陈旧的事物
在日光下晾晒

那些疙瘩为什么解不开
两张悲伤的嘴，抖动不已

“别吵了，你们的脸掉到水田里
小心被青蛙咬烂。”我脱口而出
水田里一双双清澈的眼睛望着他们

这两个六十岁的老孩子
摔碎酒碗，抱在一起
像彼此抱住温暖的水壶

说着往日醉在碗里的星光
说着亩产过百斤的瘦田
全身的病痛与疲惫瞬间消失

忽而陡峭的骂声划破夜空
试图从天地间找回最恶毒的语言
攻击对方

实际上两家为交几元钱电费的事
贫穷让他们各自露出了闪亮的獠牙

一把雨伞

“妈妈”一声连着一声，高喊
浑圆的月亮把母亲的墓碑照得雪白
她从杂草的生活中走出

一里的路程，她在丈量
想起妈妈的爱，步步都是血和泪

天地间的静啊，她号啕着
像是整个世界都和母亲一起冻成冰

她一遍又一遍地追赶地上的影子
记得妈妈走时，穿一件黑雨衣
想着想着，雨停了
抬头，一把伞成为她的晴天

美丽的村主任一边拉家常
一边给她壮胆
明年把土地流转给你，我们一起克服困难

麦子、稻穗、玉米，像晃动的村民
亲热地围着你，喂养你

脸上迷茫的表情刹那间流失
跟着村主任跨过田坎，眼睛一闪一闪

仿佛在泥泞中走失的岁月
找到了一条回家的路

天空露出蔚蓝的笑容

吃着爷爷煮的汤圆
日子是甜的，日子是圆的
笑起来，春风就呼呼地刮

吹得爷爷嘴巴不停地动
从 16 岁到 81 岁，好像是从早晨到黄昏
一生就是一场欢乐

他抽一口烟，喝一口酒
咳嗽一声高过一声，对着青山
举起酒杯，清点一生的债务
银河泪渍纵横，像淬火的孤独

他说命中的悲欢恰如轻抚的风
人间的不幸如同那些幽静的流水
落下的泪滴好像夜空闪烁的星辰

最后用一场醉对着天空说说——
生为何物，死为何物，生死间隔着什么

烟熏火燎的生命在一杯酒中返璞归真
从一杯酒的影子中取回一颗心

说着说着，她走过去
用一颗汤圆补上爷爷空缺的四颗门牙
他一口吞下去，天空蔚蓝的笑容就露出来

打蒲扇

收白蜡的时候，扇出的一阵凉风
让爸爸脸上的汗珠，滋润心田

扇子停下来，蚊子成群地扑在爸爸胳膊上
叮一下，爸爸的脸扭曲一下
生怕一松手，背篼里的白蜡会倒在地上
他宁愿为白蜡献出心血

一颗流星划过，爸爸曾经一次次背转身
远离故土，试图卷入滚滚的洪流
但最终还是被生活卷入到这个明亮的角落
力所能及地干着自己喜欢的事情

爸爸的血是他们源头
一部分留在姐姐和他的体内歌唱游走
一部分仅仅供养自己衰老地活着

她一边想，一边挥动扇子
仿佛另一只手臂是翅膀

赶走这些可恶的吸血鬼
不能让爸爸再失去一滴血

搓麻绳

汛期来临，雨水会不会淹没这座村子
一个年逾八旬的老人怎么能看见以后的事物
她的脸耷拉着，一双变形的手抚摸着孙子的头

那个小不点男孩指着前方
结结巴巴大吼：山倒了。接着一闪
一群“葫芦娃”穿过茂密的竹林

她却坐在椅子上，把两根绳子拧成一股
搓啊搓，像是将天上的月光，地上的山河
眼前的雨声、泪水、叹息声
都搓进身体，成为一根麻绳
捆绑起家务，日子永远不丢弃她

我们恳切的动员老人搬家
她沧桑的脸已经被搓成夕阳般静怡

缓缓地说：儿子正在返乡的路上
回来就搬到新房

然后又呼噜噜地搓麻绳

下半夜，老人突然在收拾东西
心里江海一样翻腾
遇到泥石流，孙子怎么办

腰椎边缘的骨质又增生了一点
仿若枯枝冒出新芽

我们的眼睛里血丝泛滥
“葫芦娃”梦见远方的风景
懵懂地笑出声

一首歌从山的那边迎接黎明
月光舔过他们，舔过老房子
舔过村庄和生生不息的原野

生活的洪流

万寿菊猛一转身
整个村庄遍地长出金子

我采摘一把把万寿菊
亲手送到每个村民的新家里
让黄昏后的黑暗，守在新房外
让路灯看不见通向黑夜的陌路

每一朵花代表一首诗
赋予它生命、记忆、情感
剥夺悲伤，洗尽铅华

殊不知，它们的花开与凋零
像日出与落日一样
与万物渐次生长，生死轮回

花朵如此
谁又能在生活的洪流里独善其身

青瓦之上

每年的这一天，少言寡语
墙上，妻子阳光般的脸是他前行的灯盏

而半块月亮守在窗口
眼前浮现妻子呵斥的样子
他情不自禁地又一次赌气，转身

这个从反方向表达爱的动作鲜活而生动
他一次次重复
妻子脸上的两个酒窝就会若隐若现

留下的碗筷和声音刻进记忆里
不停地播放爱的故事
像反复咀嚼的一粒米
香甜的味道沁润心头
他闭着眼睛，哈哈地笑

忽然，一只跳动的麻雀停在空旷的房顶上
多像他的命运，颠簸于忧伤之中

那些可口的食物喂不饱内心的伤感
紧紧握拢的双手，青筋暴凸

仰望屋顶，木棍之上是青瓦
青瓦之上，星辰走动

山路遇险

小路挂在悬崖上，落日掉进南江河
我呼唤旋涡中的小路，声音回转而曲折

车子驮着念想吃力地爬上山
无数细小的光升起来

汽车摇摇摆摆
泥土裹挟着一块大石头落在路中央
挡住我们的去路
一只鸟撞在车窗上发出凄厉的叫声
车子的挡泥板裹着厚厚的一层稀泥

一个急刹车，我吓出一身冷汗
长长出了一口气，攥紧的拳头慢慢松开
同事赵凯，眼睛里蹦出几滴泪
四个轮胎针扎在泥中

群星还未睁开眼睛
搭在树枝上的旧衣服魂影似的摆晃

从中坝山胸脯掉下的石头
挡不住牛羊和庄稼

我们发现村民耕种了一辈子的土地
一直挂在悬崖上
离生死只不过是一道闪电的距离

新旧鸟巢筑在不同的枝丫上
岁月凝成的结疤长成弯曲的树干
阻挡石头

风吹散弯曲的影子

村小学后面的一块菜地被杂草包围
老人拿起一把清心寡欲的镰刀
用力割掉杂草
仿佛割掉生活的风雨

镰刀从锋芒中抬起头
风吹散弯曲的影子
他为上爬的小丝瓜和小黄瓜搭架
让它们攥紧彼此的手

然后一棵一棵扶正倒伏的菜苗
落日快要融化他

想起两个出去打工的“小瓜”
两年没消息，思念让他眼里长满盐

晚霞中芦苇草

寒风一吹，它们抱在一起
这白了头的草，多像村里那几个佝偻身子
眯着眼睛叫来生的五保户老人

他们交出疼痛、疾病和衰老
其中好几个查出是重病
体外的毛发、胡须越来越白
牙齿却咬碎生活的硬块

说到江山社稷，张大娘声音越来越小
说到腊月初九，忍不住说——
村里王老板用丰田车娶媳妇
撞到一棵大榆树，父母当场吓傻

王家儿子酒喝多了，先是哭
后来拿出手机给女朋友发红包……
讲到动情处，他们的背弯成风的形状
好像自己在开花

一声高过一声的咳嗽
透过屋子的墙壁，阵阵地刺痛村医

每一声咳嗽都是自己受过的苦
断断续续的节奏像他们坎坷的一生
狂风，电闪，发出村庄失色的惊呼

8 月，市里开展防病检查，在中营村
村医给他们量体温、测血压……
带来蔚蓝的风，刮走老人几个月的咳嗽

老人安静地坐在温暖的黄昏里
仰首，和低头的样子那么骄傲

清风送来句句叮咛
他们唱着“这是强大的祖国”
声音燃烧在布满芦苇的山坡

登高节

传说正月十六登到山顶
摘树叶插在头上，一年鸿运高照

一眼望去，望王山满目苍翠
坏消息和好消息
都挡不住百鸟和鸣，千花竞发

虫声仿佛在呼唤逝者归来
空空的城空空的望王山

所有路口都挂着条幅标语
我打开窗户
握不住春天伸来的手

人影站成一个感叹号
盼望从春天飞出去

温暖的乡愁

风吹动一片又一片的寸头草
我紧张、恐惧，怕风吹、怕夜深人静
怕自己不能安抚呼呼的声音

每天说着各种政策，从肤浅到深刻
村夜校的灯光，穿过油坊沟
照亮野菊花，燃烧话语

空中群鸟散开的声音将时间里的琴弦拨响
院墙上的青藤长长的，仿佛可以长过人的一生

在这些事物里扶起倒影
无论上山还是下山，鞋子走得磨破底
与尘世又多了一种摩擦

对着天空与大地背诵自己的诗
所有的声音如鲜花开在身边
又像是孩子在说话

雨水滴答，悄悄融化辛酸之物
向主任顶着雪雨走进下两镇
为孤寡老人送去生活用品

一向痴呆的王大爷满眼是泪
内心的疼痛，被亲人医治

我把这首蓬勃之诗献给南江
如同把花朵和果实带到明媚之处

在那里，春天嘹亮
内心与大地一起葱绿

我高叫一声站立的村庄
喊出千千万万朵花，喊出千千万万条河
铺天盖地的音符跳出来，温暖乡愁

乡愁爬满我的心

星空辽阔，文字穿过浓雾
与浪花交谈，光雾山的皱纹挤出汗水
冲刷出南江河新的溪流

借着光，用句子在内心筑堤坝
这些年我以退步抵抗世俗
用一首诗剔除生活中坚硬的部分

把灯火渐次亮起的南江河当作源头
把成片开发的梯田当作太阳升起的地方
还把东边日出当作夕阳西下

多美好的事物，南江河与巴河一样美
踩着声波，又向天空挪动一步

我不停地数星星
常常把它们当作灯火数到东边的柳岗坪

又把柳岗坪的柿子树当作温情的灯笼

数到西边的中营村

黑夜的锅里闪烁着星星
沸腾的时间滤掉它

每一刻都把故乡当作村庄
辛勤而幸福的泪水流成河
像甜滋滋的乳汁，柔肠百转

奔向波澜壮阔的行程
每一次都有梦想成真的身影
没有写完的乡愁像浪花爬满我的心田

辑四　飞翔的石头

刺梨酒

刺梨疯长，1933 年红军出川打敌人
喝一碗刺梨酒，呼儿将出
冲锋上阵，忠魂化为一丛丛刺梨

清明时节，人们拎着刺梨酒来到山上祭拜
刺梨树死了，老百姓哭得仰天喊神
好像失去了依恋和向往

刘大叔说，刺梨发酵以后，就会变成琼浆玉液
抿一口，红军与敌人拼杀的情景历历在目

六娃当年参军，刘大叔捧出刺梨老坛
斟上两碗满满的酒，一人一碗
父亲用这种仪式为儿子送别

喝一口五凤山上的刺梨酒
誓言如子弹击中敌人
发出吼声：“我若捐躯
埋骨无须桑梓，裹尸不用马革”

父亲在儿子的身上焊接了忠烈

声音飘来，满山的刺梨树迎风摇曳
灵魂的种子繁衍

飞翔的石头

流云飘浮，树不停地摇晃
三名红军被围追堵截

他们藏在石头后面
一笼笼刺草围住，敌人钻进草丛
扎得浑身血淋淋

树叶捂住鸟儿的尖叫
果子凌空飘然，抵挡时间划开的阴影

红军打着绑腿，扛着步枪
以石头为纸，血火为笔，写下——
“1933 年红军 21 军司令部打败敌人”的石刻标语

标语未长脚，不能开口说话
在兵荒马乱、遍地饥饿的岁月
像石鸟，击碎了敌人的笑脸
增加了回龙村的重量

2014 年这块陈旧的石头
仿佛昔日一位打仗的青年，来不及回头
眨眼之间，长成一位历史老人
长成一块飞翔的石头

村民种活石头，立在村口
托起村庄的沧桑与传奇

石头骨骼争鸣，标语展露它的气节
撑起平凡的日子，撑起村庄的蓝天

传说：回村的人跪下祈祷
双膝便生出石头一样的根
繁衍村庄的潮汐

流淌的血脉

溪水欢悦，传来风声、鸟鸣
村民在一穷二白的日子里呼喊风调雨顺

如今实行土地增减挂钩
田野上的作物得到亲人一样的保护
春天敞开大门迎接粮食、草木……

百孔千疮的石头陪伴草木一辈子
而草木缠着石头讲故事

石头把战场的厮杀声封存在历史里
把喜庆的欢歌书写在记忆中
挡住世俗的喧嚣

河水倒映乡亲的脸
每处漩涡，都是落水的三月
浴血的急流，举起古老的石头
飘向天空

花纹缠绕群山
仿佛再现红军打敌人的情景

光阴不停地巡视
血脉吸收峥嵘岁月

孩子站在家长童年站立的地方
长成红军青春的样子

村民掏出粮食、草木
兴旺一代又一代的子孙

一只神鸟站在巨石上

一只鸟忽隐忽现，像云中的神
歇在一块巨石上
其他的山雀子闻风而逃

石头上“红军 21 军司令部特务连”的字迹
清晰地跳入我的眼帘

上面血迹点点，仿佛红军的战斗宣言
每当布谷鸟叫的时候，传说——
那是红军的魂唤醒一些陷入迷途的村民

鸟鸣捎来亲人的问候
石头撼不动四季，就一点一点转动岁月
记录红军跋涉的故事——
路漫漫其修远兮

石头上的血汇聚成一股潮水
安抚河流两岸的乡亲

我拿着相机靠近石头
距今九十年的历史被我们三小时走完

石头上的每一个字仿佛是红军的眼睛
余光扫射尘世，明亮扩宽了五风村的天空

另一块石头上写着“巴南桥”三个字
当年红军走在桥上
如站在小山峰上向苍天挥手

“会当凌绝顶，一览众山小”
为追随一盏灯，不惜冲破黑暗
宁愿将死神引向自己
为同志打开一条通往胜利的路

枪击、对峙，肉搏，空气凝固了
战场是他们的起点，英雄一生敢于对决
以血肉见证生命，世世代代，生生不息

石头被河水冲开，浪花里藏着秘密
垒垒乱石中流出一道澄澈的山涧水流
就是现在的觅水河

杀牛坪战役

刀锋拼出满天星斗
希望之火蔓延

1933 年 5 月，天空阴沉
千年不倒的木桩，拴不住马匹的嘶鸣
红军披肝沥胆的身影穿梭在寒风里

以篱笆、檑木、滚石、壕沟为防线
杀声震天，至今还在历史里鼓角相闻

一场春风在军号嘹亮中生根发芽
唤醒了大地上沉睡的勇士

山川律动，大河奔涌
前仆后继的方阵沸腾在战场上

历时 4 天的杀牛坪阻击战
彻底粉碎敌人的阴谋

迎风拔节的云朵走成花海
陪伴英雄

岁月把石头、河流、高山
垒在一起，用血和刀铸魂
成为墓碑，界牌村的土地上
流淌和沉淀了多少传奇

空　山

一

一场雨夹着碧绿的鸟鸣
降临空山

红军 4 万多头颅像果实落地
封存为种子

抚摸着墓碑上那些凌厉的笔锋
仿佛听到大地深处低沉的怒吼

似有无数个灵魂从碑中破石而出
幻化为列队的士兵
一起晨练、出操、冲锋

二

山风驱赶明月，虫声助长拔节

在春寒陡峭中
悲壮的呼号响彻耳畔
惨烈的厮杀呈现在眼前

一些十八九岁的枪支
仿佛长出的庄稼，刚刚拔节，灌浆
来不及收获就倒下，灵魂走在星空
随处安歇，随处都有盛开的野花和山鹰

纪念碑如同一把直抵天庭的长剑
临风而立，扬眉出鞘

这柄用民族精神铸成的利剑
攻破了敌军战无不胜的神话
铸造了红军的英勇精魂

三

置身空山，一股股生生不息的人间烟火
沾满彩云的味道

飞檐走壁的刀光剑影
从阳光中浮出，在月光中隐没

高山流水的声音仿佛万兵卒天降
在黑暗中打开黑暗

四

旧月光沉醉，天空落下雪
空山的人头像灰月亮滚动在地上

锈迹斑斑的时辰，田里的稻草焚成灰烬
满地的黄叶把剥离大地的美转化为皈附大地的美

唯有那挺红军的机枪被鲜血镀亮
在暗夜里打磨空山的轮廓

让快乐的人们在深夜痛醒
将悲歌唱成颂歌

五

白桦和松树横看成林
鸟语混淆在苍茫的大山深处
空山到处是响声，到处亮成一片

山从骨节里长出威武
雨水蒸发温润，源自清泉石上流

杜鹃的香气打着回旋
天盆，玲珑的身体上山水起伏

人们把夜砸出一个缺口
喊着英雄的名字

跪倒在埋葬先辈的墓碑面前
取走他们惊世核俗的履历

注定成为念想，注定成为火焰
引领你认识来路，知道归途

翰林院

一

翻响书页
时间还在抒写历史

清朝至今 107 年的翰林院，荒草终日弥想
如同家谱在无声打开他们的名字

清朝六世，他参加了一场翰林考试
通知考中的那天，说着一句句碎词
隐泛寒光，忽然倒下
天堂里的读书人陪着他做状元梦

“翻新的祠堂，刻满传世的功德
发达的谱系，家家有本难念的经
烟熏火燎，风生水起”

弓背读书的人，衡量天地

这个院子 71 间房，100 多人
后人接替他继续考
就像以前单位干部职工退休
自己的孩子顶替上班

读着读着，天地开阔
人心聚合，万物呈现文字灵气

情景陌异、瑰丽，熟悉的路径在眼前展开
书中的词，弹出新鲜

山川都有伟大的抱负
读书声唤醒沉闷的土地
那些被勾画出来的关键词依次发亮
语言在历史的风雨中找到自己的灵魂

这个院子一年考上十个大学生
发改委资助中营村 18 个大学生学费
也一样资助这里 12 个大学生学费

假期，引领他们参观南龛坡博物馆
到恩阳机场体验振兴革命老区建设的艰辛

漫步巴州城区，讲解巴中撤县建市的历史
爱国主义情怀，建设家乡的信心长在孩子们的骨髓里
翰林六世播下了知识火种被大学生们点燃

150 个昼夜，挖土，埋水管……
汗水凝聚成一股股清泉
沿着自来水管道流进千家万户

老人举起手上的拐杖
女人穿上盛装，围坐在村委会的院子里
高呼，神水、神水……

二

书是生活的通道，走进翰林院这条通道上
就是金榜题名的书生
游离在状元、榜眼、探花云集的气息里
感受激昂的文字，馨香的墨笔

周围每一棵纵横的树，都折腰夯实着屋基
每一朵急切表达的野花都守住智慧的门窗

一盏灯昼夜翻译着历史
我住进灯塔里，从早到晚读着同一本书
它撕裂黑暗，拆解文字
四壁写满洪荒的锈迹
墙缝间生长着少量的蛛网
摇曳着前世今生的荒芜
整个冬天都零碎了

风总是踏着韵律

一步一个天长地久的祝福
——长青之院、永恒之院
仰望蓝天的翰林院与柳岗坪共存

三

阳光从树叶漏下来，一束光旋转
散射出无数个我，坐在石凳上
倾听书生把一些铮铮铁骨的句子读出舒展的情绪

云雀把声音提到高空，听起来像歌唱
悬空的石头落在流水里

我向万物表明：翻不过柳岗坪这朵浪花
读它渐渐丰满的身体
“见到翰林六世及那个时代的死
才相信翰林院及那个时代曾经活着”

四

一条石板路铺向书院
石砌的台基，四合的院子仍有抱朴之心

庭院的屋脊上，修竹拢翠
呦呦的红雀送来喜讯

翰林六世的状元，曾是历朝的学子

用词语安抚书里的文字

我寻找翰林院士，翻越时光，迷途
醒来忙于建设自己的道自己的德与自己的仁和义

独自跟着文字游走，朝着哪个方向并不重要
重要的是我睡在一个梦的书院里
刚好装下前半生的荣辱与纷争

用灵魂安放每一个词语
用目光点燃每一个字

五

红木门的斑驳，把时代关在门外
神位不知什么时候被搬走

书籍里锁着旧时代的情欲
蜡梅暗香浮动
与银杏、槐树于参差中守望

穿行于文字之间
那些旧而坚硬的事物
在风中泛绿，故人无恙

与他们对话，曲径通幽
忽又峰回路转

扉页上的照片是一位考状元的书生
翻着翻着，纸页在风中战栗
翰林院的故事发出声音

村民一边唱着劳动号子
一边收割一片又一片的金黄

即便被人们当作一串一串的省略号
翰林院永远都是抒写的最后一章
绕着村庄的小河源远流长

张飞庙

这个石屋的前身是张飞庙
屋顶露天，峭壁斑驳，端坐的张飞露出泥身
岁月这把刀仍然心慈手软

传说，张飞放出假消息
出其不意地抓住严颜

这个故事让村民智慧大开
取下中营山悬在空中的石头
加工的石桌、石板凳、石花台各具形态
仿佛张飞的化身引来南来北往的游客

这里村庄连接村庄
一阵风把香烛吹成摇曳的灯盏
眺望高处，好像诸葛亮摇着鹅毛扇走来

青山常在，张飞庙成为一个乡村旅游景点
三国的英雄守护田野

三国文化和旅游文化兵戈相见
折射出尘世中的灵魂之美

我为中营村写了一箩筐诗
人们来或者不来，都不甘示弱

木　门

关上门，早年的枝叶、风雨、鸟窝
“门童”“门客”“门风”“门神”“门第”
人间万象，一涌而出

门环里各种叩问、撞击、触动
凝聚成她脸上重重的皱纹、伤痕、老年斑

打开门，沉默的春雷发出吼声
乡村振兴的政策治愈她身体深处的暗伤
又在泪水中看到亲人们从这扇木门走远

十年前落下的关节炎，腰酸背痛
被村医拔掉病根

一阵锣鼓喧天，木门贴上大红春联
亮出古老的荣耀和倔强的笑容
好像一瞬间年轻了十岁

老门环碰响手上的铃铛

亲人们迎向木门
一扇死心的门“吱呀”一声
接纳惊喜

鲜花铺成的石板路招蜂引蝶
“门童”“门客”“门风”“门神”“门第”
迎接人间新风尚

辑五　生灵的颤音

红　鸟

叽喳声像叹词
惊醒体内潜伏已久的河流

风暴来临时，喊着它的名字
给正在外地工作的乡贤写一封信
请鸟儿捎去问候，告诉它们——

村民在山清水秀中
从一个村庄走向另一个村庄
从一条溪水走到另一条大河

风行水上的脚印踏出田野的金涛
沿着大大小小的山川
流向孩子、青年、老人、村庄的心田
掏空了人们繁复的内心
合奏出一支飞翔之歌

生活一天比一天滚烫
外地乡贤沿着叫声就能找到那条回家的路
却没有一个寒秋能走出去

灰　鸟

一群鸟迎面飞来
水波一样荡漾在山谷
仿佛是鸟喙抛撒出的一张网
把山间的躁动与不安打捞干净

天空下人影移动
清脆的声音抖落乡亲的心事

突然，它们一个接一个掉下来
似飘飘荡荡的雪花，我怀疑
是否会有一座生灵的纪念碑立起来

被枪声惊飞的另一群红鸟
急促的声音触摸寒冷的刀锋
喳喳声伴着辩论，义正词严

预感大难临头，各自乱撞
把人们激动的仰望当作卑鄙的谋算

眼前一亮的刹那，鸟鸣陡峭
越过命定的枪林弹雨

我呆呆地望着，恐怕它们的翅膀
被人类的侵略之手折断

绿　鸟

鸟儿扑向菜园，土路伸向河边
我大声唱出心中的歌

唱一句，小鸟飞来
我安静，小鸟蹲在树枝上两眼发呆

我偎依在树上
小鸟啄出树干里深藏的秘密
群鸟叫成一片，东一声西一声
仿佛说着邻里的家长里短

声音转动，绿叶向外挣出一截
风的翅膀耷拉下来

日子一天一个样
像这棵树长出的枝丫那么新鲜

鸟儿站在屋檐下
便民超市里挤满了大姑娘小媳妇

汽车、摩托车、自行车……挡住家门

一些隐藏的事物呼呼跑过身边
仿佛赶赴一场约会

多少目光碰撞出的爱情
被鸟儿嚼碎成余音袅绕的回音

知　了

露水打湿头发
身后的叫声紧追不舍

一阵风请它停下来
一起偷听土豆和地瓜的暗语

甜甜的地瓜发出望乡止愁的味道
把我从迷茫的深渊里拽出来

溪水、竹林围着我们转
天蓝得似一条河
万物都有自己的高度

伸手够不着的东西，不再期待
已经失去的，蜿蜒奔向未来

知了知了，说出“物华天宝”
传播着我到来的消息

生灵带着蜜飞来飞去
一湖水、一座山、一声鸟鸣
落在心坎上
仿佛自己成为与万物通灵的神

背对无数个影子发号施令
被阻止的欲望在这里延伸

云和星辰伴随我
只听从身体里血液流动的声音

黑　鸟

天空翻出一团晚霞
它的玩伴，它的妻子，它的母亲
拖着长短不一的尾巴和歌声
穿梭在田野、森林，无法无天

成群结队的儿孙回到这里
没有计划生育，代代人丁兴旺

在欣喜的惊叫之间，寂静清澈见底
忽然传来急促的叫声
让岁月站立不稳

一声枪响，一只鸟替其他的鸟挡住子弹
另一只鸟发出沉郁的颤音
挣脱昏沉的疲倦，一声又一声……
仿佛身体里藏着一个永无休止的小闹钟

歌颂我和山村的亲密无间
容纳人世的善恶

蓝　鸟

似一群孩童，嘤嘤地鸣叫
其中一只鸟东张西望寻找自己的声音
另一只好像认识我，打几个盘旋

雨水冲刷翅膀，它们独立寒秋
叫声拉长一天的光阴

我忽然踩到一声尖叫
又迅速抽回脚，鸟痛我也痛

心中凝结的愁绪越来越重
以为在挫折中咬紧牙关
在人世中绝不放弃的那只鸟就是自己

抬头，那只鸟一边对着我喊话
一边沿着桉树高大的枝丫向上爬

害怕陌生的事物碰触它身体里的伤
像琴弦上失而复得的高音符

穿过黑夜，发出峰回路转的清音

林间发出不同凡响的声音
山川河流连同我都发出不同凡响的声音

白　鸟

叫声拉宽了中坝村孤单的天空
清脆得让人心慌
突然飞起，翅膀卷碎雾霾
仿佛在练习倒立，练习死亡

啾啾声伴随着另一只鸟发出一声绝望的低嚎
共赴黑夜与高山，像水田里的秧苗倒插于天空

从它们互相的回应里
我相信万物都有悲欢离合

很多人都把它当作普通的生灵
而我把它当成无家可归的孩子
探出它的伤口
倾听它唱着嘶哑的哀歌
目送它在原野觅食

我思想的翅膀仿佛是那只鸟
在光明中迷茫

群　鸟

木门上“春分”一词字迹依稀
幼嫩的树丫对着它表白心迹

一群翻飞的花翅膀似五彩祥云
降落在农家小院，仿佛从诗经里转世
愣了愣神，落到哪，哪里就茂盛

忽而停在枯草上寻找五颜六色的花朵
忽而停在门槛上唱出美妙的歌

我卸下繁复的心事
群鸟点数粮食的颗粒
传递丰收的喜讯

水　鸟

唱颂歌的那只已经飞走了
留下点点音符

让暮色比暮色宁静
听鸟声比鸟声宽阔

夜凉得似一块冰
另一只鸟单脚落在溪流上
溅起一串水滴
重叠为一个透明的世界
发出美妙的叮咚声

山峰抱紧草木，我抱紧鸟鸣
目光碰到一起时，惊讶地吼出——
这神态，多像柳岗坪村的那个跛脚文书

花　鸟

月亮移动，花花绿绿的羽毛抬起天空
我和散步的星星一起追赶它们
落下的鸟粪，长成一排大树

那些心怀鬼胎的人用网扑鸟
拿斧头砍树，花鸟突然停止吵闹

它们的头赫然伸出，好像大锤挥来
命悬一线，脑浆正在迸发，瞬间
扇动翅膀，在天空写下遗书
仿佛在交代后事，或者盘算着远走他乡

它们追飞机，火车和花朵
月月岁岁，岁岁年年
唱着生灵的颤音，天空波纹荡漾

奔波之苦如远道而来的神迹
从深渊攀爬出来

黄　鸟

嘀嘀咕咕……
一大堆声音在窃窃私语

忽而扎进稻田，一边吞吃虫子
一边发出高音，吆喝另一群鸟

翅膀挨着翅膀，穿越远山
用无私包容苍生，安抚尘世

山坡上的枯草从死亡中探出头
豌豆花、扁竹兰……
泛出万千紫意
它们再次长出自己想要的样子

青　鸟

一只小鸟在前面带路
我伸手去抓

恍惚那只鸟的影子像自己
虽然身居城市，命运之手
却拉着我奔跑在乡村路上

风把它吹到一片瓦上
它又跳到另一块砖上
追随它，从一条荒芜路上
奔跑到另一条开满鲜花的路上

一行白鹭牵动清新的风景
唱出原生态的恬静
对人间发出美好的祝福

紫　鸟

吉祥的翅膀扫过天空
乌云散去

声音催促心跳，壮胆跟着它
踏进林间，认识和不认识的鸟
远远地和我打招呼

它们的翅膀遮住天空
却没有什么远大理想

无忧无虑地和月亮一起发呆
与树叶共同唱出心中的歌
向人们问好，回音涤荡山谷

我心里明亮，恍惚如鸟一样
伸开双臂，翩翩起舞

鸟 语

一颗星星落进鸟巢
鸟儿跳来蹦去，和它点头
发出的声音，抑扬顿挫

鸟语溅起层层香
花椒炸裂的味道沁人心脾

分不清是因为鸟儿的鸣叫
让云朵消失，温度降低
还是黑夜陷进鸟语的旋涡
开始抱怨

中坝村在暮色的耳语中起伏
花椒树猖狂的叶子紧紧地挽住树枝

我伸手摘花椒，与生灵互相退让
惊飞小鸟，又彼此侵犯

喜　鹊

雪花沐浴天空，隐藏的火种
被一阵风点燃

两只喜鹊发出尖叫
看见好似未见，未见犹如旧识
声音里填满思念

它们嘴对嘴，发出爱情蜜语
那些过去的日子和铭心刻骨的时刻
温暖了大寒

这突如其来的幸福凝结在雪花中
仿佛自己的爱情降下的一场雪

漫天的雪花是互赠的别言
冰川融化的声音由远而近

鸽　子

一阵扑棱棱的声响盘旋在空中
仿佛与雪花不停地交换意见

雪花说：自己在寒冬才展示洁白
迁徙的鸽子不懂四季的妙趣
钻进雪中，日落成为废墟

刚刚听到一阵枪声
一只鸽子便带着万水千山的灵气
大摇大摆闯进诗中
踩出几个白白的“个”字

一边咕咕地叫着
一边肆无忌惮地啄梳羽毛

雪花一粒一粒落下，我吹着口哨
鸽子流浪的脚步忽然停住

我把一排“个”字打成一排“竹”字

屏幕的右上方众鸟鸣叫，竹叶上清波万重
如晓风佛柳，一扫寒冷之气

鸽子与它们凌空飞舞
在天地间播撒欢乐的音符
穿透世间的迷雾

生　灵

天黑下来，八点整
一条狗从窝里拖出一只胖胖的刺猬
漫天的星星撩动月亮

几只喜鹊，翅膀抖落尘埃
一片片黑瓦发出春雨敲打的音乐

稻子浪花一样荡漾，狗吠起伏的村庄
呈现吉祥如意的景象

没有什么让人不安
唯有那只下落不明的刺猬
让我心有余悸

互换眼神

前面的一头牛发出呻吟
尾巴甩在圆圆的肚子上
不知是哪里在痛

它突然侧过头
牛角像两颗暗淡的月亮
乳房下垂，眼神扑闪
仿佛热泪凝成悲伤的海
后面那头牛追着前面的牛

它们拉车、犁地，生气时“嗷嗷”叫
眼睛里映出老屋坍塌的影子

失血的地基吸取营养
施工队用石头加固
牛蹄敲响青石，震哑了黄昏

我们和它在村庄相遇，互换眼神
在各自的前世今生里，和谐相处

牛　哞

你好，小牛，前面就是目的地
话一出口，四周寂静
白云停止生长，高山站着倾听

小牛回头注视我
眼睛深处映出另一双好奇的眼睛
哞哞的叫声像战地的号角
勇敢而响亮

牛背上孩子居高临下
歌声与生灵碰撞出天籁之音

路边几条小牛悠然戏逐
旧路已被秋草覆盖
看不出以前常走的是哪条

我和村民用镰刀割出一个豁口

发掘光亮，开辟另一条路

如今，百种草药长在灌木丛
牛哞里的乡愁成为一方净土

繁　殖

养殖合作社将各家的牛集中在一起
定时给它们喝水
加营养，放音乐，点火升温
播下牛与牛之间最亲密的爱情

哞声从稻香里跌到村子的怀里
缠绵、体贴，耳鬓厮磨
和各路庄稼迎来送往

牛群梦一样来回走动
多年前的陈事旧影从眼中移走

更多的牛在养殖场挤挤挪挪
香醇的奶味惊动春风
传递它们小小的心愿

声音挂在牛尾巴上

牛甩动尾巴，望着天空
漫天雪白的花像村民们的语言
散发出泥土芬芳的气息

牛啊，你的命苦，我的命也一样
他的话音落在牛的眼睛里
映出整个寂静的乡野

牛仿佛知道他的前生和自己是同胞
积蓄春天的力量，反复嚎叫
一声接着一声，反刍落下的雪花

声音挂在牛尾巴上甩来甩去
腿抖着，蹄子轻轻敲击石板
发出清脆的响声
如同哼唱的小曲汇入欢腾的山谷

一阵阵响亮，一阵阵被吹远
呼唤亲人的归来

春天，他牵牛、扛犁
构成田野的美景

秋天，他挥动镰刀，指挥收割
声音翻山越岭，荡起喜庆涟漪

辑六　岁月的出口

夫　妻

土埂上，他们背靠背
像一个驼峰接住落日

岁月的心肠硬起来
谁也拗不过来

他俩不停地嘟哝
互相嘲弄驼峰上的夏天

共同躬腰田间，割去缠腿的草
仿佛割掉他们全身的病痛

脸上青筋乱颤
夕阳被吆喝到头顶

他们手握竹竿，用力插进泥土
让南瓜秧像孩子拉着大人的手
慢慢地站起来

农　民

走在田坎上，像一粒草籽
散落在地里，被晚霞掩埋

走着走着，吹响口哨
远处火光冲天
他抱着内心喜悦的愿望
看落日是从哪个地方掉下去

走着，走着
一次次扛着柴火穿过暮色

脚步似一串撞开幸福日子的密码
让命运及时转身

汗水流进眼里，蚂蚁叮在泥腿上
春天来了又走远，布谷鸟飞走又飞回

悲伤散开在干净的村道上
皱纹和伤疤晒成慈祥

落日被他涂上一层快乐的色彩

金黄的麦子绵延在几百里的山坡上
空气里静静散发着无言的恩情

留守儿童

正在背唐诗的孩子
换牙漏风的小嘴
胆怯地喊着叔叔、阿姨

旁边那个孩子
穿着一件脏兮兮的白色衣服
像个小叫花子，呆呆地站着

小脸冻得葱绿，仿佛路边的一根草
任风吹雨打，都直立地长
暮色的凉气从脚踝爬到大腿

赶着一头牛走来的孩子
一双大眼睛星星般望着我们
脸上和手上长满皮癣
这肮脏的赘生物令人心痛

风揪光树叶，吹不走一个名字
冬天的寒冷与饥饿对峙

却无法折断他们的梦想

电铃声在中坝小学的头顶上
叮叮当当地响

孩子们如一阵风跟在我们身后
那个女孩穿着一件新棉衣

马尾动起来，像柳枝
微微颤抖，倾斜在山沟

两个男孩大口地吞吃蛋糕……
眼里流出的两条小溪
似苦难通往人间的出口

烧纸钱的女孩

摸黑到坟头，跪在烟火里
往火堆里一边送纸钱，一边唱歌

火苗跟着节奏跳动，在烟雾升起的音乐中
母亲接过一句，她伸手抓影子
一头撞在石头上

疲惫的雪花降下，她匀一口气
把间歇的时间留给母亲

唱一句停一句
村里的人以为是疯子，每一次唱完
像是和母亲在田间完成了一次大汗淋漓的劳作

忽然，纸钱中跳出一颗火舌
飞快地撩起刘海

她愣在那里，心里一惊
难道这是母亲重重的一句叮咛

雪花飘飘，她看不到路的尽头
残缺的墓碑后面
母亲灵魂的模样像一只巨大的翅膀
载着她飞翔

村民李鸿贵

一

沿着盘山路不停地走
苦日子搬走一座靠山
妻子离家出走，至今渺无音讯

一儿一女，无人照顾
八十岁的老母亲守着镰刀过日子

此刻，站在异乡宁波，手捏成拳头
思念的泪滴像闪烁的星星

他早已把妻子不辞而别的心痛
转移成打工的动力
加班加点地在建筑工地上垒墙

只有路边的那棵歪脖子树
每天向他问好

二

他们用砖一层又一层垒高生活的胃口
让城市喧嚣的欲望不断扩张与迁升

腰包里的钱也像垒砖一样，越垒越厚实
而家乡似一只萤火虫，总在面前一闪一亮

每想一次，那条走了半辈子的山路
便会从云端蜿蜒而下

每想一次，梦中的月亮便降到掌心
他忍住泪水，以疾风般的速度走在回家的路上

一年过去，爱情仍然子虚乌有
只有这条温暖的路还在为他守候

三

来来往往的人奔波在刚刚硬化的路上
像走动的叶子拖走了凌乱的过去

渴望相逢，树叶碰撞树叶
似回家的乡亲发出问候的声音
每条岔路都指向他

园峰、铁寨、五凤、中坝……
一个个沿途的地名
翻新着那一幕幕快要被遗忘
或变得模糊不清的故乡景象

四

无论风从哪个山坡出来，他都能隐忍
与石头为伍，跟山溪一起呼吸

一杯又一杯地喝下红薯酒，互相述说
如何同卑微、困厄、潦草的命运抗争

抬头，一张黄黄的脸晃动
他们一起打口哨，呼唤影子
眯着眼睛看、斜着眼睛看
看到的都是一个女人对他们颔首微笑

深冬的霞光温暖，迷人
他们听到自己的血液在体内呐喊、哭泣
听见骨头与心脏争吵，流露出对女人温情的渴望

五

月亮，一块淳朴的美玉
倾听他们的唇舌之战
心事圆着圆着又缺

他们坐在茶馆门口吹牛
手舞足蹈地抓月亮

我们去中坝村的路上
看见他一个人东倒西歪
赤手空拳地挑战深沟里的寒风
听见他说酒话讨媳妇

六

忽然，四面八方的声音惊醒他
睁开眼，天然气坐着管道轻轨来落户

母亲轻轻一拧
为孩子们打开炒菜煮饭的幸福日子

一道阳光射进来
打开他紧锁的眉宇

村支书

一

踩着乡村路，翻山越岭
晒了五十几年的阳光，依然没有晒掉一个穷字
大河同他一起用力奔腾，冲刷贫困

白天竭尽全力，穿梭于乡上、区里……
跑项目、找资金，晚上和委员们说年度计划
他在新事物的密林里，匍匐前行

正在施工的白蜡园和养鱼池
还不能把实惠带给老百姓
而近期村里出现财力不足

驻村干部与村“两委”壮怀激烈
三番五次讨论修路的策划书

吹走又吹来的风，像茫然走动的树叶

落在村道路上，指定方向

他心乱如麻，仰望天空
困难像天上的乌云滚滚而来

二

田野里几个村民挥动镰刀
他低下身，把人们带歪的麦秆扶正
就像村民做错了事，一一纠正

他用锄头翻出硬块又敲碎
一块块泥土就是一个个心结
和村民一一解开
流淌的汗水，浇热了土地

三

几个留守学生递上开水
他告诉孩子：
要像村里翰林院的竹子，节节高

每周六，他召集孩子们，用自己的手机
给他们在外地打工的父母通话

近日，一个生命正在村里的户籍档案剥离

多么凝重的空气
他请来了一位叔叔，扮作狗儿的爸爸

那个重伤的砖工，无法开口
村支书准备好一沓抽纸
孩子鼻涕眼泪不停地流
都齐声叫他爸爸

孩子被苦日子磨碎的愿望
开始青草一样冒出

四

落日敲打他的头顶
希望和失望压在身上

他带领乡亲扭住季节
拔掉人们心里的荆棘

手握铧犁，汗水、泪、血……
催生庄稼发芽、生长

多少脚印，反复印在沉默的土地上
多少夕辉淹没了他的身影

五

村里的人，血液里有泥土，骨子里有山坡

胸膛里有天空，自己就是一把锄头

带领乡亲翻开泥土
饱满的土豆、山芋……露出来
喜悦堆满了箩筐

六

水泥路延伸到每家门前，村社道全硬化
硬起来的还有村民的腰板

白蜡结籽，结籽的还有田里的稻子
挂满丰收，河水清了，清了的还有遥望的眼眸

远走他乡的鸟儿纷纷飞回
花园、亭台、工艺石桌成为新的庄稼地

阳光缠绕每个人的目光和脚步
家家户户的农家乐就是开心快乐的“聚宝盆”

季节的光影沿着岁月的出口走向灿烂
村民从芝麻开花节节高的日子里
拧出幸福的蜜汁

村文书

高一脚低一脚，走进村委会
一笔一画地在纸上写着
柳岗坪村的山坪塘改造
小粮仓的建设……
清贫的日子被他写得快乐而温馨

按照村“两委”的意愿，提着金点子
鼓起勇气，写出建造村小学的计划
合同草拟和处理得风生水起

汗珠滚落，五百亩白蜡园
从图纸上移居到土地上
乡亲们的视线越过辽远的春天

各种传承文化的图景都动起来
舞龙、舞狮、秧歌，警醒日出月落

上坡路垫高了他的另一支腿
常常在深夜
与 1.5 米的身高“海拔”加速度
追赶一个改革的时代

妇女主任

吱嘎，一声撞开柴门的声音响起后
左边锅里，青烟掀动锅盖
右边锅里，花生米滋滋地蹦跶

霞光落在屋顶，炊烟飘着柴火味
她像蜜蜂一样，在人间忙碌

老人们呼啦啦地喝下稀饭
几十双瞳仁里的光芒纯净得像漫天的星斗

而她的小日子没过好
欲望还在摇晃的身体里
暮色已经徐徐降临

脸像一张粗糙的木板
“村日照中心”留守老人的痛苦与欢乐
就是它的阴晴圆缺

每天在灯影晃荡的山坡上

把自己的梦打成一捆一捆的柴
借梦而行，她希望引火之柴更充足

二十年来，乡村在孤独中复活
她在狗叫声中走过，话越来越少
而村里的砖瓦楼房一层层往山上爬

此刻，月亮的脸雪亮
她顶着花白的头发
为老人洗尿湿的裤子

脑梗死病让大妈像孩子一样
一会哭一会笑，大小便失禁

她轻轻地把老人放在床上
心痛得撕心裂肺

静静的野花陪伴他们
几颗星星落下来围着她旋转

光　棍

紧紧贴在耳朵上
唯恐听掉一个字

砖工粗声粗气地吆喝声，与他无关
头顶的蜻蜓此刻成为一件静止的物品

女村医火一样的热情
点燃他战胜疾病的勇气

腰椎病从加速变化的生活中退出疼痛
像钢筋退出建筑，石头退出堡坎

他眼睛闪亮，站在工地上
一部手机和一条铁路线接通他的爱情

白云走走停停
他风风火火地生活

喜欢打工的快乐
更爱远方甜美的声音

忧伤的村民

星光代替手电筒照亮他回家
走出田埂，一头倒在荒草里
连欲望都泄了一半的气

儿子、媳妇出去打工
留下这个六十八岁的老汉

上顿一碗稀饭，下顿两根红薯
一天收割两家稀稀拉拉的稻子

饥肠辘辘的时候，喝水支撑
生活的苦啊，带给他潦草的一生

累了，躺在地上
碰响了枯草里几个空酒瓶

什么人在这里喝酒，他抱怨
清凉和透明装满瓶子
杯口在风里打出幽暗的口哨

落日像一粒种子
在悲伤的角落里和时间较劲

他想把白发埋进荒草
让大地少一片荒芜
替代清苦的岁月

擦皮鞋的女孩

风霜擦过脸
两只手在皮鞋上交换着搓
动作熟练而沉静，仿佛一切伤心的往事
已被这双时间之手抹平

她猛然缩回手，发出啊的一声惊叫
满是油污的右手触碰到皮鞋上的小钉子
脸蛋通红，声音却散发亲切的味道

她鼓起镇定自若的勇气
轻轻地说：雪好深
深得很久没有看到客人的鞋

眸子清澈如水，恰似一朵山桃花
连忧伤都那么无瑕

我吐出一口气，生活真的不容易
不是每个人面对生活的苦与乐
都像她一样，如童话里的仙子

数九寒天，很多人看不清前路
很多人在奔走中迷失方向
而她，用风雪焐热生命

病　人

急急返乡，像一堆散架的草垛——
这个从前说话像吵架
这个一掌推倒茅草房，此刻
抱紧饥饿、衰老、疾病的身体

妻子唤乳名，饿了给他做饭
痛了给他揉肩、捶背
仿佛用力把病痛从他身体里挤出来

村医每天为他打针、喂药
用行动沟通心灵
成为一缕阳光，击退病魔

静静地望着窗外
落日晃动，他抖一下肩膀
微微耸起的驼背像座小小的坟

世间多么仁慈
妻子和医生如三月的春风

吹散所有的恐惧

光阴被她们的手指反复折叠
愈合了他比瓦砾更破碎的命运

爸爸妈妈

云朵牵着田野，爸爸推着犁
累了，坐在土埂上
烟杆燃烧着思索

忽暗忽明的一点点火
亮着温暖
烟叶一亩接着一亩开花

她走在田野中
身上仿佛穿着妈妈一针一线为女儿缝制的碎花裙
乡愁，汇成一片花海

爸爸妈妈种在心田的烟叶结果了
一季又一季，压弯了整个山梁

村庄空旷静谧
两个移动的人被晚风梳成剪影

一杆烟袋别在他们的腰间

迎接一茬茬雪茄烟叶的抒情

而月亮，并未圆满
它的残缺，盛不完人间的丰收

烟叶里长出一座山
柿子也红了
秋天走进父母的梦里
闪烁星光

母亲与女儿

她俩掐下花，母亲说："那是丝瓜花
要用竹竿扶住，一串一串挂下来
像你俩的辫子，越长越乌黑
将来嫁个好男人"

她俩眨动眼睛，眸子星星一样亮
母亲拧一下她们的脸
仿佛生活的冷暖化为笑声
治愈自己的头痛病

肩膀上的两头箩筐像生活的希望
地里的山芋、红苕、南瓜……
送到发改委食堂
空空的担子已是他期盼已久的收获

大风吹散了刚刚升起的炊烟
女儿在板凳上左晃右动

她给孩子添一件新衣

家里见底的油瓶罐满了

她俩转身，母亲的两只眼睛
像灯，照亮她们生命的道路

火车上的民工

一列火车刚刚进站
另一列火车正在缓缓启动

他弯腰捡起方便面盒子放在垃圾袋里
一脚踩熄车厢里的烟头
像身负一块石头，站在过道上

座位上的人聊天、打牌
方言和方言对峙，不高兴的时候
推开他，吐露出同情的一面
各种各样的抱怨雨点般砸向他

他和同乡悄悄地说着回乡创业的事情
想起一张小小的火车票，承载着无尽的乡愁
让自己在拥挤的车厢里愁肠百结

灯光熄灭，黑暗从窗外跳进狭长的车厢
中年和路途凝聚成火车的长鸣

站在这 26℃的车厢
明亮和暗淡的抵抗
令他想起生活忽热忽冷

眼前的这些人和自己当年的命运一样
世上让人下跪的东西很多

他忽然大吼：挡住大家的路了
口气那么硬，像一条直直的铁轨
载着车厢里的风景与火车的鸣唱发出应和

他俩似一座挺拔的山峦
站着，仿佛是做过最长的梦——
一节车厢拖着一节车厢
铁命令铁，“掠过一个又一个异乡
哐当声敲打着茫茫黑夜的四壁”

女中学生

月亮穿过亮瓦落在锅里
翻滚的面条不停地抒情

初一辍学，日复一日的疲劳
让她感觉到一种深深的绝望

昨天发改委叔叔送来大米、菜油……
她按捺不住内心的喜悦
打开一棵白菜找心跳

小学二年级，开始做饭、洗衣，照顾弟弟
十三岁父亲手把手教她开小四轮拖拉机
田里总是少不了她单薄矮小的身影
肩头扛着一个还没有走出苦难的家

出去打工的父母把男人和女人的活
都留给家里的孩子和老人

驻村干部像亲人一样帮助他们

带着苦涩的幸福，正从早上醒来

她拿着苹果哄两个弟弟
几只小脚用力一踩
像在冲着地球撒气

谷粒飞起来，在他们的脸上弹跳
月光涂抹他们的脸庞
东一拳西一脚，嬉戏到河边

一只鸟儿从浪里飞出
几句歌声惊起一片涟漪

他们去抓星星，一不小心
河水散开，光围着他们

砖　工

南江县的依山小镇
几个穿红马褂背心的人
忽而张嘴问问，忽而伸头探探

一碗手工豆花，把他们聚集在一起
唤起了舌尖上的乡愁

看啊，那只鸟叽叽喳喳，夹着南江方言
在黄桷树下窜来窜去
它一生都没有走出这棵树

不像年轻的我们动不动就要背井离乡
为生活奔波，那个说话的人，听起来好像有点文采
旁边几个看似不得意的人，喝着喝着，忘记了妻女

雪花麻凉凉地落在玻璃上
不远处巴山新居随便一家的窗口
或关闭，或亮灯，似乎都深邃

妻子那年卖掉家里的三头牛
为自己还赌债，她在电话中轻轻地说：
“家里还有粮食吃，不要急着寄钱回来”

想到妻子的爱，伤心的脚步，迈不开
一颗孤独的心漂流在外
光阴像车轮碾压一生的青春

流下的泪水像石块那么沉重
女儿成绩差，父母年迈
仿佛世界对自己磨刀霍霍

喝一杯酒，亲人的笑脸
宛如南方稻谷的芬芳
飘来故乡的声音

张　嫂

村民小声嘀咕：咋个说走就走了
他这一撒手，苦了张丽和三个娃娃呀

一股凉风刺痛滴血的心
给他放的烟一支没动
说过的话却分解了她的焦虑

早年丈夫赶牛扶犁，自己低头插秧
犁迹歪歪斜斜，多像是丈夫撒手之后
留给她歪歪斜斜地生活

三个孩子每天喊爸爸，有时候趴在地上
与鸡爪、鸭掌，大大小小的鞋印
一笔一画地写出“爸爸”两个字

写着写着，她从悲伤中
提起国家政策，翻修旧房子
把每一个日子垒得方方正正

温暖带走她心里的沙子
小菜园绿了又绿

丈夫留下的苦，大家和她一起扛
丈夫错过的福，她和孩子们一起分享

这小小的幸福说出来
篱笆前的太阳红到现在

烤红薯的女人

她的手在青烟中不停地翻红薯
像杂剧节目“飞跃火圈”
被生活的鞭子亡命追赶

炉火映照她的脸
香气扑鼻的红薯，清香可口的红薯——
清脆的乡音像定时的闹钟，喊醒熟睡乡亲
红薯在人们的赞美声中，卖得一干二净

每天晨曦，送四个红薯给对面的两个留守老人
然后才给女儿烤红薯，当作早饭

路过的人，和世界虽然陌生
却轻易地从路边的红薯摊中
呼吸到生活的甘甜

街头支起的这口锅，以最简单的向往
一天又一天把梦想烤熟

下雨了，泥地上人影恍惚
她匆匆地啃着剩红薯，啃着啃着
身体里便充盈着一道温暖的彩虹

这世间的散乱、雨雪、泥泞……
它们始终不灭夜半时分这锅熊熊的炉火

搬家工

身体悬挂在空中，脚踩着雨滴
总担心那根绳子会突然断掉
安全帽十拿九稳地摁住了突生的杂念

空调制造的风压着夏天的风
季节的交替在搬运中完成

他们搬家具，相同的动作不断重复
眯起左眼，用右眼斜看电视柜的平整程度
仿佛把无边无际的时光聚拢

电钻响起、齿轮响起
自己像一个生活的时钟在光阴的航道上摆动
把人生的起落与悲喜
一次次细心齿合，耐心磨砺

一圈一圈靠近命运的发条
滴答、滴答……

他们的目光专注而坚定
白天，流着汗、流着血
搬运自己的命运
夜晚搬来星辰陪伴自己

未知的生活，都被压进滋滋声……
电钻，钻透墙壁
向力气和手艺致敬
向一寸寸觉醒的日子放歌

时间滴答，他们适应生活的温度
像掌握空调的升温与降温一样自如

醉　汉

秃头大叔的影子在酒杯里晃来晃去
所有不能承受的生活重负
在此刻变轻了

透过玻璃，一只猫蜷缩在屋檐下
巴巴地望着路人，水果摊前
一个女人正在擦洗苹果

更远的地方，手上长满冻疮的洗头姑娘
和低着头的男士调情
乡村的集镇上和城里的街上一样

刚刚得手的盗贼
手扶电线杆惊魂未定的喘息

这些平日藏起的事情怎么走风漏气
他如狮子般吼起来
像是发自远方世界的叹息

外地农民工

雨雪飘落的中午
那个高个子大声吆喝
拉面，每人一碗，全要素的

他从口袋里迅速掏出
一张皱巴巴的五十元人民币

凉风吹进他的骨缝
被生活磨得如干柴一样的他
皮肤粗糙，眼睛发出疲倦的光

一碗面条冒着香气扑鼻而来
他风卷残云一般吞下，心窝暖和起来

他们用一顿饭的时间交换故事
一个说，今年多挣钱，回家给孩子、父母买新衣服
另一个说，冬天爬建筑架，寒风吹痛了心

方言散落在小酒馆的各个角落

多少龙门阵在桌子上交换、流转
激起风浪

这几年得到了多少人的赞美
心里却始终长着一双有家不能回的眼睛
冒出的火，跳荡在回家的路上

吊车司机的妻子

沿着山路走
油菜花从两侧发起总攻
四周的大地正一点点低下去

闹钟响的时候
食堂送来花生米、啤酒
他们用筷子启开瓶盖
抓起一把花生米，下酒

空中冒出女人的声音
她们提着两篮子鸭蛋，晃出光
带给工地上一片晴朗的天空

挖掘机不歇气地叫着
也盖不住这一阵清脆的笑声

上门女婿

命运一再弯曲，眼泪
被父母离异、妹妹得病、姐姐远走而流干

他随着一只红雀，忽隐忽现
像云中神仙，步行三十里
嫁到一个地图上根本找不到影子的中营村
和一群鸡牛相伴，在村头的草堆下挖地

落满麻雀的稻草上
他的心“咯噔”一下

抱起妻子没有抱完的草
日子过得紧巴巴的，来不及叹息
又赶着牛爬上山坡

他用爱点燃一个低保户女人
像星星之火，燎原偏僻的乡村

清风吹动影影绰绰的苹果花

他与帮扶干部春天投撒种子，秋天收获粮食
体内涌动着不安分的血液
过上好生活，成为隐而不露的心愿

每天梦一样地看着一只只母牛啃噬着乡愁
被人们挤出来的却是牛奶

他的话比牛的叫声还少
仿佛是一个陡峭的，没有声音的词语

树叶在他脸上晃动时光的影子
他交出生活的迁徙

而六头牛悠然吃草，像他的前世
从不抱怨未知的泥泞

补鞋匠

天空比往日低
他倾斜的身体遮不住漏雨的屋檐
小卖部前的那棵桉树盯着他

因买一瓶汽水，欠钱
妻子与邻居副食店的老板吵架，气疯了

从此，她每天早上坐在门槛上，吼口渴
动作不遮不掩地跑到街上，全家人被她弄得疲惫不堪
导致他落下脑震荡的后遗症

正是屋漏偏逢连夜雨，他拿不出学费
两个孩子每天只好放牛、割草，做家务

贫穷，逼着生活敞开一条触目惊心的裂缝
日子也跟着气疯了

半疯的他，将妻子送进“村日照中心”托管

找村委会协调贷款，把两个孩子送到村小学读书
他便在门口摆起一个修鞋的小摊子

先将鞋子分类，兴师动众的样子
好像要从这些旧物中打出新的江山

每逢星期日，走村串户
身体像移动的鞋店行进在季节的深处

老篾匠、剃头挑子和周围三里六乡的村民
提着一包一包的鞋子扔过来，他笑呵呵地迎接

然后叮叮当当补着一双双鞋子
扎线机发出嗒嗒嗒的声响
像饥饿的公鸡不停地低头啄食

他一边哼着曲子，一边用锥子撬起皮鞋帮
从日子里剪裁一块新皮子，补裂口

一些撕裂的、磨损的、扭曲的、脱线的鞋子
被他修理成乖乖的样子，继续走在生活的长路中

古老的手艺在穷乡僻壤依然放射光芒
而党的扶贫政策与自己的勤劳
垫高了他跛脚的那条腿

临时工

月亮爬上脚手架，他吊在半空
用汗水擦亮城市的高楼

拿着瓦刀向上抹天
向下抹地，偶尔抹抹月亮
星星蹦出来，比时间还急

有时候他把电锯当锣鼓
敲打出开工的信号
清水泥沙簇拥着粉墨登场

他脚步追赶呼吸，在钢筋铁钉的回声中
拔出现实里摇摇欲坠的钉子
让磨难退到生活的后面

他不用背篼、铁锨和锄头

就能轻易地将一座桃林搬进坐南朝北的新居
悬挂在客厅的墙上
仿佛在香味的回潮中想亲人

哑巴村民

金黄磨亮他的眼睛，大的像核桃
嘴里发出低沉而沙哑的呜呜声
哑谜闪烁在星空，万物相猜

仿佛有人故意往他的嗓子里扬了一把沙子
夜晚的风吹醉了村庄

危急时刻，爱没有卡壳，也没有悬空
他打吊针，中药、西药合成一股强大的力量
让体内毒素纷飞湮灭，令时间喘息

一个拂晓，他大喊医生的名字
吐出沉积在内心的忧愁
人们听见了压在石头下的一声叹息
以为是神在说话

声音一点一点从脱落到升高
呐喊和微笑从嘴角露出，走起路来
风风火火，踩得地球咚咚直响

老得像一阵风，将生活吹得干干净净
把落日慢慢地磨成一把镰刀
收割完粮食，又收割生活

刀锋狰狞，人间悲壮美好
天地电闪雷鸣

五粒粮食

五滴瓦沟水落在黄土里
滋润出田野里最亲密的五粒粮食
它们悄悄拱出地面，快乐地张开小嘴

母亲把它们种在一起
像小时候把我们五姊妹放在宽宽的床上
穿着红黄绿蓝的新衣服

脸皱着，被妈妈一一洗干净
取名：芝麻、绿豆、黄豆、红豆、大米

小小的肩膀一耸一耸
点点的泪珠打湿红扑扑的脸

我们在作文本上写打工的爸爸
写脚下的公路

坚信风是从爸爸的心里吹来的
我们就是他放不下故乡和牵不走的灵魂

永远陪伴着爸爸

山头弥漫着馨香，炊烟合着风的韵律
喊着我们的名字

母亲一双皱巴巴的手淘洗芝麻、绿豆……
“用夕阳的影子，鬓角的皱纹，人世的辛酸
加上冰糖，煮腾煮沸”养育我们

当作自己心爱的“五粒粮食”
包容、教育……
甜糯的，是希望
温暖的，是心

儿童节

阳光下，孩子闪烁着渴望的眼神
最小的那个孩子忽然抢走他手中的书
话语快如一串火炮似的说着自己的理想

工委主任杨飞说：“好好读书，时常给我打电话”
语言像是糖，甜透了她的心

忽然，孩子哇啦哇啦地背诵：
“日出山花红烂漫……” 句子
一口气背完几首诗
每句的表情都不一样
我们被他的记忆力惊得目瞪口呆

老师最宠的那个孩子一如我的女儿
她是学校成绩最好的一朵花
梦中大口大口吃麦当劳

很多地方女孩子只读二三年级
简单的加减法能够让她们买卖东西

童年就是这样被艰辛的劳作送走，此刻
她正在聚精会神地完成模拟升学试卷

画眉叽叽喳喳地落在树枝上
一动不动，盯着大家

我们把书包、作业本、水果……发给孩子
如春雨滋润这片饥渴的土地
带来营养物质

找亲人

——致陈琪

“找到亲人了……”
我的微信上忽然显出一行字

昨天阴雨绵绵，河水比风响
他带来过冬的食物，握着老人的手时
就像握着粗糙的石块

“劣质烟熏暗了老人的脸和指甲
听说帮扶干部来了
目光一次次越过他的头顶”

啊，这个五十多岁的帮扶干部
递给老人一支烟，顺手把他扶起
转身去加柴添火烧开水

老人家里像一座光秃秃的小山坡
周围散发着烂草的味道

而此刻，他的脸抽动
嘴里不停喊着——
“儿子，儿子”

明亮的梦

生活把迷离推到面前
驻村干部就像一只蜜蜂叮在透明的玻璃上
前途一片光明，脚印被闲言碎语覆盖

风倒掀日历——2014 年 1 月 26 日
王主任慷慨激昂——
给中营村、柳岗坪村每个贫困大学生补助学费
假期，安排大学生来单位实习，经风雨见世面
自立自强像根一样扎进他们心里

帮扶干部付出的心血，日月可鉴——
柳岗坪村的白蜡、木瓜已经硕果累累

万吨春光撬开坚硬的日子
时间的脚步走到 2018 年 3 月 2 日
会议室传出温暖的声音——
《脱贫攻坚工作手册》每人一本
不懂的地方向它请教，给驻村干部减轻负担
全体帮扶干部对几个村的“菜篮子”工程要用力推助
村民的温饱问题迫在眉睫，必须彻底解决

向主任的话像落地的炸弹
刹那间，哗哗地翻书声，此起彼伏
村里的菜园子、庄稼地、鱼池……
到处涌动着帮扶干部的影子

海龙副主任说：再艰难困苦也不能亏待驻村干部
他们早出晚归地奔波在风雨兼程的路上
熟悉田野上的花开花落，理解老百姓的喜怒哀乐
为村里的发展磨破了嘴、跑断了腿……
我们要用心、用情，用力做好后勤保障

善言是晨间的鸟鸣
声音温暖了空气
关爱化开了心里的一团疑问
祝福茂盛了我们的成长

村民的家禽小项目、菜园小项目
长出真金白银，火一样点燃了南江大地
发改人站在巴中经济的跑道上，马不停蹄
朝着美好生活的宏伟目标奋蹄

2022 年腊月初三，张主任和颜悦色地发出号召：
制订帮扶方案，筹集资金和物质开展慰问活动
让每个村民过一个祥和快乐的春节

话语鼓荡春风
帮扶干部的每一步脚印都是一个大红印章

盖在大地这张致富的合同上
喜悦洋溢着梦想和生机

2023 年 1 月 16 号，在朝霞和夕阳中——
300 多名帮扶干部经柳岗坪村至
中营村、碑河村、中坝村
园峰村、白鹤嘴村、铁寨村……

送计划，送物资，张贴标语
通往乡间的柏油马路上，人头攒动，像跳动的五线谱

一路电闪石惊，我们走惯了山路，内心平坦
给村民讲帮扶政策，传播文明乡风
流下的每一滴汗都在助威

乡亲们栖居村庄，户户都有称心的房子
邻里之间保持着相互串门的传统
掏心掏肺地唠叨柴米油盐、家长里短的事
笑声荡漾在山外

“你好！对不起！早安！……”
每个人随口说出文明的语言
整洁干净的村容，新旧错落的房屋
比梦还明亮

·附录·

专家点评 《诗刊》——中国诗歌网“每日好诗”

汪剑钊

“土埂上/他们背靠背，像一个驼峰/接住落日//岁月的心肠硬起来/谁也扭不过来/他俩不停地嘟哝/互相嘲弄驼峰上的夏天//共同弓腰田间，割去缠腿的草/仿佛割掉他们全身的病痛//脸上青筋乱颤/夕阳被吆喝到头顶//手握竹竿，用力插进泥土//让南瓜秧像孩子拉着大人的手/慢慢地站起来。”（《夫妻》）

这首诗让我想起唐代诗人元稹的诗句“贫贱夫妻百事哀”，当然，元稹的那首诗书写的是对亡妻的追忆，表述的是睹物思人的悔恨，与这首诗并不一样，但它们所传达的那种患难与共的真情却是相似的。作者捕捉到一对老夫妻苦中作乐的场景，予以素描式勾勒，以他们佝偻的身躯暗示饱经沧桑的人生，驼峰作为一个意象，既是浪漫的想象，烘托出落日的灿烂与黄昏的美丽，又凸显了岁月和劳作在两位老人身上烙刻下的印痕，那不可逆转的时间吞噬了他们的青春和体力，以至于只能用嘲弄的口吻来回忆过往的劳动和欢乐，卸除“全身的病痛”。这里，或许还有老人的嬉笑，却是被泪水浸泡过的笑容。需要指出的是，作者善于拈取画面，诗的最后两节尤见表达的能力，“夕阳被吆喝到头顶”形象，贴切，恰好照映了乱颤的青筋，“南瓜秧像孩子拉着大人的手”像从地底自然生长出来的一个比喻，既呼应着整首诗的草根基调，也具有审美层面上的鲜活性。

（汪剑钊，诗人、翻译家、评论家。1963 年 10 月出生于浙江省湖州市。北京外国语大学外国文学研究所教授，比较文学与世界文学专业博士生导师，中国社会科学院外国文学研究所研究员。）

万物都有自己的高度

——漫谈李欣蔓诗集《裂变》

王学东

面前的这本诗集《裂变》，是诗人李欣蔓的精心之作，体现了她的诗歌写作的多种向度，在李欣蔓的这些诗歌中，乡村是她书写的重要对象，时代的“裂变”是她思考的重要命题。毫无疑问，面对着中国农村焕然一新的宏伟大业，诗人李欣蔓奉献上自己的赞歌，高唱出时代的强音，彰显出一个时代的勃然之生机，这肯定有着非常重要的诗学意义。

但在我看来，在李欣蔓的这些诗歌之中，乡村更是她透视世界和生命的一个重要背景，或者说特有的门洞。进而可以说，李欣蔓的诗歌，既有着对宏大时代意识的探求与对历史现场的再现，同时也有着更为细腻和繁复的个人经验的彰显，以及她对存在的独特透视。由此，在这样一个时代中，我们更为关注的是，作为一个诗人，我们该如何写作，该如何介入到时代意识与历史场景之中？我们的诗歌，怎样才能书写出这个时代的存在之思？直言之，在一体化的时代意识之下，当下诗歌的真正诗性在于，诗歌文本如何重构出属于自己的内在经验，如何与历史深度融合，如何目击存在。从这样一个视野出发，我认为，李欣蔓的这些诗歌实践，让我们看到了当代诗人的一些可贵的诗学探索，也为我们提供了一些值得注意的存在之思。

总的看来，在这些诗歌中，诗人着力于当代中国农村的“裂变”，呈现出一种具有全景式的宏大历史意识。同时诗人又以自己的亲身经历，让这场历史性的巨变，在诗歌中具有了深刻的个人痕迹。毋庸讳言，让诗歌参与到历史进程，让诗歌推动历史的进步，是当代诗歌发展的一个重要方向，也是诗人必须面对并完成的时代使命。然而值得注意的是，作为一位女诗人，在扫视并参与到这场轰轰前行的历史事件的同时，诗人李欣蔓首先考虑的是如何完善个体诗艺。换言之，在我看来，在李欣蔓的这些诗歌中，她不仅有着对“裂变”时宏大历史的无比敬意和虔诚；而且更为值得关注的是，她的这种敬意和虔诚是建立在对“语言”的尊重的基础之上。甚至在一定程度上可以说，“语言”超过“历史”，“语言”大于“历史”，才是她诗学的基本底色，造就了艺术来源于现实而高于现实的靓丽风景。在诗歌中，这种对于“语言”“文本”或者说“诗本体”的强烈关怀，才让李欣蔓诗歌的历史意识有了更加扎实的基础，也让她的诗歌对存在的探索有了别样的力量。

在李欣蔓的诗歌中，尽管她的“语言意识”并非她诗学主旨，但她在写作中，这种带有“诗本体”的“语言意识”是较为明确的，也是她存在之思的启航之基。那么，在诗歌中，诗人是如何展开她的“诗本体”的追问呢？她是如何思考“语言”的呢？在我看来，她的“语言意识”集中地表现在，对“语言是什么?”的追问。如在《合奏一曲乡村振兴之歌》一诗中，诗人对“字”下了一个诗学定义，并做出了自己的判断，即“每个字都是身体淌出的血/从生活的漩涡中脱颖而出”。在这里，诗人并没有抽象地去定义“语言”，而是回到诗学写作的起点，即去直接面对写作中的“字”问题。面对“字”本身，从“字”开启诗性之路，这让李欣蔓的诗歌写作有了特别的视野。诗人追问“文本”的本质，建立在“字”等同于“身体淌出的血”这是一个重要思考之上。此时在“血”这一层面上，“语言”就不再是外在于生命的一个“外物”，而就是生命本身，就是有着气息、温度、激情的生命本体。另外，在诗歌中，诗人在对“语言”的界定中，还强调要从“生活的旋涡中脱颖而出”。即诗歌的“语言”，诗歌中的“生命”，还必须完成穿越“生活”的程序，必须经历“生活的旋涡”，并且是从此旋涡中超越而出才能完成“语言的使命”。由此，我们看到，诗人的系列诗歌写作，不管是讴歌时代的“裂变”，还是书写生命的成长，以及对存在的探索，都是建立在这个极为明确的“语言意识”基础之上的。

由于有了这样一个明确的“语言意识”，探索“怎样语言”，或者说呈现“语言的可能性”，便成为诗歌写作活动的重要内容。在《用种田的技艺写诗》一诗中，她写到了“怎样语言”的这种具有历险性质的活动：“黑夜弓起脊背/无法防备/我在大小不一的事物里/紧张地遣词造句//生活为每一个词打开/给一草一木送去活水/为坎坷的扶贫路上铺垫一次命运的转机/令黑夜一厘米一厘米与阳光转换/生活中那些过不去的坎/纷纷开花。”此时，写作中的诗人，如同置身于“黑夜”之中，必须去面对庞大的“黑夜”。但在“黑夜”之中，诗人所关心的只有“语言”，因为只有“语言”才能表达自己身临其境的现实，并从“黑夜”之中超越的力量。于是，“遣词造句”是为了完成写作的使命，为了完成“如何语言”问题，诗人为我们塑造了一种“紧张”语境，让我们看到了一种严肃的写作历险。这样一种严肃、紧张的写作状态，是诗人对“怎样语言”的回答，也是对写作使命的回应。最终，“语言”完成了自己的力量，实现了从“黑夜”到“阳关”转换，完成了从“过不去的坎”向“纷纷开花”在诗性之上升，也才让我们看到了“语言的可能性”。由此我们可以说，李欣蔓在对写作本质的追求中，她的“语言意识”是令人侧目的，其诗歌中的存在之思也具有了别样的面目。

当然，李欣蔓两次发给我诗歌稿子。第一次的诗歌在深度上推进不够，第二次发给我的稿子，对写作展开本质追问的“语言意识”，并非她精心为之，也没有成为她诗歌探索与实践的重心，但是她的诗歌写作已经进入到内核，诗歌为存在之思所打开一个新的窗口。而且可以说，正是有了这样的对诗歌的本质之思，在李欣蔓的这部诗集中，才出现了一些非常值得关注的“现代乡村诗歌”，让我们看到了她对世界、对生命独特的思考和叩问。如诗歌《知了》所写：“天蓝得似一条河流/万物都有自己的高度//伸手够不着的东西，不再期待/已经失去的，蜿蜒奔向未来//仿佛自己成为与万物通灵的神/被阻止的愿望在这里延展”。这首诗歌，有着诗人将个人“身体中流淌的血”注入世界的想法，其实，每个人每天都是生活在世界，同时也完全保持了一种超越个人的存在思考。由于诗人有着明确的本质追问，思考着“语言的可能性”，她在这里呈现出了目击到“存在的可能”的一个向度。此时，在诗歌中诗人对世界、生命的思考，就与古典乡村诗歌中的天人合一所不一样，朗现为“万物都有自己的高度”的新视野。这里的“万物都有自己的高度”诗学探求，既是要还原世界的本身，照亮世界的本真，而且是具有“高度”的世界本身和具有高度的世界本真。可以说“万物都有自己的高度”，是诗人打量这个世界的独特维度。由此，在李欣蔓的众多乡村书写之中，这种时代的“大裂变”，并不仅仅只让我们看到了一个现代乡村的建设，在物资、环境、条件等方面的成功改造，也更是书写“乡村本身”，讴歌“乡村本身的存在”，释放“乡村本身的高度”。当然，尽管有着的思考，要在诗歌中完成这样一个庞大且深邃的使命，却也是非常艰难的。

不过，我们看到，诗人众多的乡村书写所着力思考“乡村自己的高度”，实际上就是对个体生命的无限深情和关切，让“万物都有自己的高度”有了锐利的锋刃。换言之，在“万物都有自己的高度”的存在视野下，其乡村书写也必然坐实到生命个体，释放出“生命都有自己的高度”这样一个宽阔的感情。“生命都有自己的高度”，这无疑是李欣蔓乡村诗歌中一个非常值得关注之处。我们知道，诗人原本就是将“文字”等同于“生命”，等同于“血”。由此，对“带血的生命”的“生命都有自己的高度”的思考，更使她诗歌有一种不可忽视的“重量”。诗歌《打工时代》正是对“生命都有自己的高度”的集中书写：“风摇动青山，一些壮劳力/全部漂流到城市，修筑公路桥梁/守候机器轰鸣的工厂/青春的面孔在彻夜闪亮//剩下的老弱病残和孩子/一些人站在村口向远方张望/一些人每天与无所事事的农具一起/打发日升月落的光阴//那些门窗紧闭的农户/仿佛在坚守着乡村最后的秘密//不知哪个方向，偶尔传出一声空旷的犬吠/悬挂在墙头的锄头、镰刀/闲着闲着，锈就盛开在铁的骨头上//天井边的那棵开裂的榆树皮与腐木发出的气味/让盘绕的蛛丝在旧梦中织着一张新网//石板上的一层黑渍与身上泛动的黑光/悄无声息地堆积在老人茫然失神的眼眶里/变成愈来愈厚的积雪//他游离的目光幻想在天上/牵着一条牛，目送一叶扁舟/而黄昏下，影子成为不可替代的自己//看啊，大部分地荒了，人走了，房子空了/连鸟雀都耐不住寂寞随白云流浪远方。”尽管诗人在最后写道：“城市成为村庄隐秘的锈，锋利而无情/老农将房屋的瓦片翻开，一盏灯亮起/仿佛孩子们渴望的眼睛//‘城市与村庄之间虽是骨血兄弟/却把乡村伤得最深最痛’。”诗人最后在城市视野下，完成了对乡村命运的反思。但在这里，我们更多的是看到的一个“生命”，诗歌中最为丰富的是，就是这样一个“生命”，一个“有高度的生命”。另外《村民李鸿贵》中，也有着这样的深入的表现。因此，在这首诗歌中，我们并非忽视其对乡村反思，对城市的批判，这无疑是时代“裂变”过程绝对绕不过去，也必须去面对的一个重要问题。但与此同时，在乡村中去思考“生命自己的高度”，或者说去雕刻一个普通的、底层的，甚至是庸俗的生命在“乡村”的存在，聆听这些微小、无力的生命，在这个日渐“裂变”的乡村中的日常、琐碎，甚至是孤独、无力的存在，可能才释放出更具有恒久而博大的诗性。

在这个大“裂变”的时代，在诗歌中呈现“万物都有自己的高度”，无疑是需要更为磅礴的生命经验和激情的，但与此同时让“万物都有自己的高度”无疑才是最伟大的“裂变”；在这个大“裂变”的时代，在诗歌中实现“生命都有自己的高度”，无疑是需要更为繁复的技艺和情感，但与此同时让“生命都有自己的高度”，无疑才是最深刻的“裂变”。

（王学东，教授、博士，西华大学文学与新闻传播学院副院长，硕士生导师。主要研究当代诗歌。四川省作家协会全委会委员、四川省写作学会副会长、四川省校园文艺联合会副主席，四川省鲁迅研究会常务理事、成都市作家协会评论委员会主任。《蜀学》副主编。著有诗学专著《“第三代诗”论稿》《“地下诗歌”研究》等多部，发表学术论文90多篇，主持国家社科基金项目“《星星》诗刊与中国当代新诗的发展研究”、四川省哲学社会科学基地重点项目“20世纪四川新诗发展史”等多项课题。）

奋发征途的诗意注脚

——李欣蔓诗集《裂变》摭谈

灿　烂

诗歌如何书写新的时代，诗人怎样让自己的诗意挖掘在朝向当下的同时又不失向上品质的关切与精神塑造，这是近些年诗坛比较热门的话题。在诗人们参与的大讨论中，体现国家意志的脱贫攻坚、乡村振兴，以及诗人如何在万众一心奔小康的奋进征途展现家国情怀的深邃透彻，无疑是众多话题中最重要的一个热点。事实上，不少诗人不仅积极讨论，而且还身体力行参与到这一场人类史上最为浩大的民生工程。诗人们改变习以为常的生活轨迹，进入另一种工作模式，同时也打开了另一重诗性维度，在以身作则改写贫困的劳作过程中，思考着新时代主题书写的充分表达，审视小我与大我之间的逻辑关系与情感共融的无限可能，写出数以万计的作品，有的站在宏观角度高屋建瓴，以烈度很大的抒情方式表现自己对伟大进程的赞许，感叹乡村巨变的前所未有；有的从细节入手，深入热气腾腾的生活场域，把自我放置于现实的底部，细致入微地感知大事如弦的微观诗意，从而生成催人奋进的力量，达成文艺是灵魂动力源的效度。

巴中诗人李欣蔓，无疑属于后者，其诗擅长以女性视角，打开洞悉物事的镜盖，事无巨细，所有为她经历过的都在笔力之内。她长于抒情，分行转换之间的诗意蔓延，与已有生活高度契合。她情意深切，立志高远，以倔强之心，怀着报得三春晖之志，行走山野，扶贫乡村，服务三农，为见证变迁提供一部经验性的精神蓝本，而做出破釜沉舟似的倔强书写。按照诗人的心意，这部《裂变》以“扶贫也扶志”为出发点，通过物质和精神双向扶贫的同步发力，志在全景式观照村民如何打破固有思想，由“等、靠、要”转变为自立、自强、奋发进取的心路历程，用她的话说就是“体现出帮扶者和被帮扶者之间和谐团结的干群关系、家庭关系以及贫困村和谐的邻里关系，以点带面折射出巴中干部和群众在脱贫攻坚中所取得的巨大成就，彰显新时代的伟大变革”。本着这样的初心与构思，角度周正，虚实相靠，脉络清晰，有的放矢。为写作维度的建立张纲举目，确立了基本的价值体系。

《裂变》既重视人物刻画，又注重细微观表达。在内容上，以村文书、村妇女主任、村支书等基层人物以及扶贫干部为表现主体，瞄准他们舍小家为大家，扶贫先扶志、扶智，因户施策，用心帮扶，终于让贫困村奔小康，让非贫困村生活富裕美满的初心意志，而诗人以“沾泥土”“冒热气”“带露珠”的语言，让村子里的每一只猫狗，每一群鸡鸭，每一块田、每一条路、每一棵树、每一座堰塘，每一缕炊烟，都融入了诗歌里……

在叙述式抒情的总基调下，其最突出的展现在几个方面。

首先，展现新人：电商。这是脱贫攻坚战役中最需要的生力军，是智慧型农民的缩影，关注体现了眼光，书写亦是本事。其实如何写人，是一种挑战，写村支书、扶贫干部，写他们如何呕心沥血，怎样舍小家为大家，都是意料之中的事情，并无什么独特之处，写村民如何从观念落后思想顽固到最后发生根本转变，都是顺理成章理所当然的事情，开掘的空间和意义的找寻极富难度。我关注她这样写新型农民，写具有现代感的人事。本着这样的思路，看到《电商》无疑就多了一份喜悦。

走在乡间小路上，鸡犬相闻
她拍下割水稻、摘苹果、捡鸡蛋、杀年猪的照片
分享到QQ群、微信群，订单如雪花一样飞来

第一节，以白描手法写电商在乡间拍摄割水稻、摘苹果、捡鸡蛋、杀年猪这些陈年旧事，但是，同样的场景，却因为角度不同，而生发了别样的新意。对于熟悉的三农而言，“分享到QQ群、微信群，订单如雪花一样飞来”这绝对是新鲜事，它不仅陈述了事情，也在意义转换中指明了“扶贫”的出路，瓦解了困惑，虽是实写，却具有一定的启发意义。那么，对于这个“电商”的下一步动作，自然就成了关注的焦点。

她冥思苦想，黑夜里起风
开始做自己的公众号
指头一动就知道市场价

“冥思苦想”，这一个画龙点睛的词，巧妙地提到了智慧脱贫的高度，也因此，她在深夜，完成忘记了外面的风吹草动，沉浸在新媒体的充实所带来的快乐里，“指头一动就知道市场价”，这个轻描淡写的行为，恰恰展现了新型农民新的诀窍，塑造了劳动人民的智慧，丰富了脱贫理念引导下的农民形象的丰满。接下去的两节，“晒图片”“点赞”“询问”等实际内容其实是赞许她善于动脑筋，很灵光的意义延伸。

她翻来覆去地刷抖音、发快手、晒图片
大堆的点赞和一连串的询问里萌生出友谊

朋友圈的朋友转发到各自的朋友圈
就像浪花拍打浪花，订单催促订单

请注意“翻来覆去”这个动作隐含的意味，它是勤劳的暗示，是追求唯美的投影，是把美洒遍人间的道德动力，是共和乐万家的铺垫。顺着这样的“事实点”，诗从条分汇集成断面，“朋友圈的朋友又发到各自的朋友圈，就像浪花拍打浪花，订单催促订单”。于是，诗意升华得到了有力的支撑——

打开山门，青山绿水就是金山银山
乡亲们手忙脚乱，将村庄四季的绿色生态食品
快递到城市的餐桌上

城市人追求的是那份天然的醇香
从里到外的原生态
完成从林间到舌尖的跨越

在这里，我们看到了城乡一体化的具体现象从单打独斗到成建制的愿景规划。看到了乡村振兴的希望，活跃着追梦人的身影。确实如诗中所言，这是一种“跨越”，舌尖上的中国，把绿水青山和城市生活有机地结合起来，构成一个不可分割的整体，一个真正的命运共同体，一个充满生机和活力的，与既往的“三农”完全不同的面貌、格局。

白天，游客提着核桃、水果，来来往往
晚上，高高在上的月亮
看线上线下的村民，收微信上的红包
直到手指点得疲惫生痛
真金白银，就是生活富裕的奔头

诗的最后，着力于表现巴中新农村是人们追梦的好去处，有力地呼应了新时代的农村再也不是贫穷和落后的收容所，已是富裕和文明的希望地。岁月已经从结穷亲到打造乡村旅游的蝶变升级，白天采摘水果，夜晚赏月望乡回眸乡愁，领略乡村诗意般的美好，找到了属于传奇般的诗和远方。而村民呢，在线上线下忙碌，同样是忙里忙外，却已经从锅台灶头，摇身一变成具有完全不同的生活方式和劳动形态，用写实加夸张的手法聚焦他们“收微信上的红包，直到手指点得疲惫生痛”，最后实话实说“真金白银，就是生活富裕的奔头”，看似很物质，却切中要害，但从根本上说，世界是物质的，物质保障必须是美好生活殿堂的基石。正如美国大诗人艾略特说：“只有这样的人才配生活和自由，假如他每天为之奋斗。”欣喜的是，《电商》一诗，管中窥豹，一叶知秋，“她”不是一个人，而是一群，一代，是名副其实的半边天。是李子柒一样的美好生活的脱贫代言人，逍遥自在，福祉无限。

其次，表现新事：合作社。人类历史上提升到国家战略高度的规模化的脱贫攻前所未有，创造了一个又一个奇迹，在此背景下的乡村巨变无论是作为个体的人还是群体的事，都是值得去描绘和展现的奔腾画卷。而这其中，多以修桥铺路、拆危搬迁、谋事开会、走乡串户等为基本写作路数，数以万计的此类写作表现，让题材不再新鲜，鲜有出彩的。但是，在李欣蔓的诗中，我找到表现新事物的标本，这就是《合作社》：

诗开头没有绕弯子，而是朴实如行事本身，开门见山直截了当写成立“合作社”是村民翘首以盼的新事大事，诗说“终于有了风吹草动”。其实，在人们的记忆里，合作社并非新事物，我国农村合作社产生于20世纪50年代初，是为实行社会主义公有制改造，在自然乡村范围内，将各自所有的生产资料投入集体的经济组织。农村合作社经历了三个主要时期，即合作化时期、人民公社时期、经济合作社时期。农村合作社为农民的专业化生产提供了产前、产中和产后服务，有利于推广农业科学技术。但是20世纪70年代末80年代初，随着改革开放的深入和家庭联产承包责任制的兴起而寿终正寝。事物的发展变化往往随着规律的变动而发生变化，甚至是根本性变化。近年来，随着脱贫攻坚的深入和乡村振兴的需要，一种新型的农村合作模式应运而生，甚至方兴未艾。其实就是典型的集中力量办大事，资源整合，便于生产的统一管理和调度，是面向农业经济需求的新模式，打破坛坛罐罐，走创新发展新路，谁不慕想呢？这基本的起源与发展，应了那句老话，三十年河东三十年河西。这话用于说明规律遵循时，很是客观，一定程度上验证了再搞“合作社”的合理性，真实再现了民生需求的现实意义，无可厚非。

但实际情况往往很复杂，有不少因素和许多阻力制约着“合作社”的生成与生存。然而今天，它真的好戏就要开场了——

村“两委”成立合作社
这里终于有了风吹草动

村民早早地站在地头，就像等待演一场大戏
等着合作社给他们分配干活的任务

在交代完成之后，叙述的笔锋立即转到现场；好像并不唯美，这预示着工作的展开，和合作社的艰难，是会经历风吹雨打的，阻力是有的，新的出路是不容易找到的，干事情是需要动脑筋的，日子还是要过的，太阳照常会升起的，但是，在因循守旧的观念转变之后，在脱贫决心和攻坚意志得到夯实之后，村民们看到了希望。尽管暂时风雨交加，“山沟里的春天”，还是像变戏法一样来了。

累了，躺在田埂上打个盹
听到肚子在打鼓的时候，吃食堂送来的盒饭

风雨交加，山沟里的春天像变戏法
似乎故意折腾这些不服输的村民

可贵在于，诗人始终在场，她深信只要村民们有不服输的精神，一切困难终究会被战胜。于是有了如下画面：

他们咬紧牙关拼命干，人在机器上
自己也成了钢铁，头顶上的头发灰白
种子播下，秧苗破土发芽
百亩麦子在风中起伏

既然春天的号角已经吹响，人机结合的劳动就荡开了耕种的序幕，春芽既萌，春华既开，希望的种子，就会让生活颗粒饱满，随风起伏，丰收在望，未来可期。诗人于是跳出叙事的线性表达，进而转为隐喻加象征的抒情——

夜空的星星像黑夜不眠的眼睛
捕捉尘世的每一丝美好
人们早出晚归的辛劳化作甜甜的蜜
荡漾在心里

如果说高尔基的“只有人的劳动才是神圣的”道出了实践的真理具有神一样的重要，那么，这首《合作社》则形象地诠释了欧文的名言：“完善的新人应该是在劳动之中和为了劳动而培养起来的。”对于脱贫攻坚这种“大事”，需要有“革新”的观照，需要生产环节的具体落实，尤其是对站在历史关联处的那些基于美好生活的社会活动，每个真切的感受都是奋斗的诗行。“杜鹃与山鹰一起歌唱/我把这片深爱的土地当成一张锦绣的纸/把身体当成一支行走的笔//田间地头、五谷杂粮、寒来暑往……/以及我与村民捆绑在一起的喜怒哀乐/都成为抒写这片大地上的诗卷。”（《迈步在乡村振兴的路上》）在这场浩大的工程中，诗人是工作参与者，更是诗歌见证人，“文章合为时而著，诗歌合为事而作”，一个诗人一旦找到了表达的兴致，其所铺开的联想，就会火花闪现。“村规民约在岁月里栽种成荫/与建筑、嫁娶、农谚、祈祷一起/风尘仆仆地轮回，让一个个村庄风姿绰约/大地布满粮食和农桑//在这里，《诗经》的意象闪烁着奇异的火焰/村里那些叫小芳的草长在脚边/风一吹，开出纯白的声音，旋转出温暖，/我热烈地活在自然界里，心中的高山越来越挺拔/喜怒哀乐化为宽大的胸怀。”诗人坚信道路越走越宽广，而人们坚信生活越来越美好。据李欣蔓本人介绍，2013 年，她受组织安排，负责联系巴中市巴州区柳岗坪、南江县园峰、白鹤嘴、中坝等 9 个市发改委挂联村的帮扶工作。她清楚地认识到，这是培养她对生活及事物良好的观察、思考习惯，深入实际，融入生活，在泥土里吸收诗歌养分的绝好机会。于是从到村的第一天起，她就开始写扶贫日记，几年下来，累计已达 9 万余字。行走在扶贫路上，大量生动鲜活的事迹和由此产生的感悟让李欣蔓内心难以平静。作为一个高度敏感的诗人，如此亲历第一现场，贴近时代、贴近生活，她感到自己有必要用“语言的黄金”表现一段特别的个人史，有效、简洁、精确、传神探索伟大进程中的伟大感受。如果说诗言志是一个古老的传统，那么，李欣蔓以诗载道，把个人感受与时代风云融会贯通，彰显了一种蓬勃的锐气。这是值得提倡的。评论家李敬泽曾经就《青鸟故事集》和记者对话时说：“如果说我对自己还有点满意的话，那就是，我依然觉得前边有很多可能性没有穷尽，跃跃欲试。”

再次，开真情，见真义。如擦鞋女、烤红薯的女人、母亲与女儿等，有血有肉，写出了宏大主题中最温暖的部分，最柔软的部位。在改革开放搞活经济的大背景下《烤红薯的女人》是乡村中国在贫困线上挣扎的一个缩影。她们没有一技之长，只能在不定性的工作中获取生活来源。红薯是地头再普通不过的农产品，因了女人烤的动作，而溢出了贫瘠的土地，有了出路的希望。诗从她“会烤”写起，那熟练的动作，那情义真章的专注，历历在目。

她的手在青烟中不停地翻红薯
像杂剧，飞跃火圈，被生活的鞭子亡命追赶

炉火红红的甜味裹挟着乡音——
香气扑鼻的红薯，清香可口的红薯
在人们的赞美声中，卖得一干二净

生活清贫，日子充实。勤劳本分获得的赞美，是诗人塑造乡村女人的最基本的调值，因为诗句生动，形象感强，几乎瞬间就产生了诗意的情感共鸣，不过，这只是作为主题书写使命的一个前奏，因为人是中国大地上最温暖的符号，而女人，更是悲悯之根良心之底。她“每天晨曦里把三个红薯送给对面的两个留守老人/然后才给女儿烤红薯当早饭”，她因此善举，让路人“呼吸到生活的甘甜”而赢得了整个世界。她不只是要烤出求生的欲望，更是要烤熟生活的梦想。

路过的人，和世界虽然陌生
却轻易地从路边的红薯摊中
呼吸到生活的甘甜

街头支起的这口锅，以最简单的向往
一天又一天把梦想烤熟

于是，诗的尾声就富有质感，“她”的精神形象得到了放大，一个“啃着”，不仅激活了她，更让广大良家妇女获得了大地般的诗意观照，升华了主题，弘扬了正气，尽管啃着的是剩红薯，但“身体里便充盈着一道温暖的彩虹”，确实，脱贫攻坚是艰难的，不可能一蹴而就，序幕拉开之前，“散乱”是存在的真实，需要有面对的勇气，正因为如此，“始终不灭夜半时分这锅熊熊的炉火”才彰显了大义的必然因果。

下雨了，泥地上人影恍惚
她在啃着剩红薯，啃着啃着
身体里便充盈着一道温暖的彩虹

这世间的散乱、雨水、淤泥
它始终不灭夜半时分这锅熊熊的炉火

毫无疑问，这“熊熊的炉火”是信念之火，是苦难辉煌的明日光芒。这意味，在同构的《擦鞋女》中，几乎有着同样的纹理和熟悉的气息。面对烟火现实的风霜雨雪，“她鼓起镇定自若的勇气/笑着，在我面前抬起头”，也因此，作为诗人，我发出的感慨就具有了文学性的昭示：“我吐出一口气，生活真的不容易/不是每个人面对生活的苦与乐/都像她一样，如童话里的仙子//数九寒天，很多人看不清前路/很多人在奔走中迷失方向/而她，用风雪焐热生命。”这与《母亲与女儿》的末节两行“她俩转过身，母亲的两只眼睛/像灯，照亮她们生命的道路”交相辉映。那么当然，负责点亮千千万万爱与真情的壮举的，成了驻村干部的誓言与担当，这“明亮的梦”，因有风雨兼程的奔忙，有万吨春光对田野的照彻。有帮扶政策的传达与落实，有创建文明乡村的蓝图规划，有掏心掏肺的鱼水深情，有志存高远的脚踏实地、真抓实干，就会是“欢声笑语越过路上那些曾经越不过去的坎/整洁干净的村容，新旧错落的房屋/比梦还明亮”的自信。而这种独特性的诗意发现，正是李欣蔓诗集中比比皆是的亮点，为她的书写通向更深刻性提供了无数的可能，是她诗歌触须的敏锐始终鲜活的最好回应。

如果说她敏锐地发现了“贫穷让他们各自露出了闪亮的

獠牙”的形象，那么在作为诗坛新生力量趋向成熟的阵营里，她留下了自己的足印，她是潜伏的诗歌使者，脱贫攻坚正好让满腔热血写春秋的她“派上了用场”。当下的文学格局早已今非昔比，各种外力的介入和“文随代变”的必然规律让文学发展不再“面目清秀”和“边界清晰”。青春爆发力不再是考量一个诗人创作能耐的单一选项，那些被习见忽略的“后程发力者”也一样值得关心与关注。在“不变的乡愁”中，她写道：“为什么我天天写诗/不食人间烟火的句子/像失去花期，落尽叶子的昙花/倒映在太阳下/影子都是一只不会飞翔的麻雀//长风不息，南来北往的路/把凌乱的生活拖在身后/我重合在大巴山浓郁的荫翳里//调整思绪，写乡村、写土地……/生活，//那些触痛心灵的文字分散开来/像一群群蝴蝶在阡陌上缤纷。”（《长风不息》）

追求“有盐有味”，让“触痛心灵的文字”唤醒乡愁，是她诗歌向度的主轴。这一点在更广泛的时代引发了写作认知的纠偏。显然，文学中的诗人至少包含两个纬度：一是年少成名的“后浪”，二是不甘沉寂写新篇的“前浪”。前者即如今常见的“新锐发现”“新势力”“新生代”等文学新力量，他们一旦被承认，就会在一定的时段获得“万千宠爱”。其中有些顺势而为，虽不再光焰灼灼，但在坚持在跋涉，有的则挡不住昙花一现的命厄而销声匿迹。江山代有才人出，文学薪火相传必须得有人接棒。李欣蔓踏上脱贫攻坚的大道，致力于描绘乡村振兴的蓝图，为自己找到了文学的正道，为诗歌创造力注入了新的力量，可喜可贺。她的诗歌不在当下文学中喧嚣热闹的区位出现，而在自己熟悉的甘于寂寞的一亩三分地出场，在巴中的大山深处，在她《劝架》的现场，“张老头骂王老汉断子绝孙/王老汉说张老头是酒鬼，不知那天会喝死/他们怒目相对”；在山风《吹亮长夜》中老人的“忆苦思甜”里，“他抽一口烟，喝一口酒/咳嗽一声高过一声，对着青山，举起酒杯//说命中的悲欢恰如轻抚的风/人间的不幸如同那些幽静的流水/落下的泪滴好像夜空闪烁的星辰//最后用一场醉清醒地和这个世界说说/生为何物，死为何物，生死间隔着什么//说着说着，她走过去/用一颗汤圆补上爷爷空缺的四颗门牙/他一口吞下去，天空蔚蓝的笑容就露出来。”

因为写得有生气，才会谈得上诗意接续了地气，意味有了烟火气。因此，创造力的可能性探测，无疑是聚焦的本来。谁在诗歌长河中激起浪花朵朵，谁就是在自觉地推陈出现，诗人敢于对现实、环境和自身发出新声，把状态维持在很高的水准，无论面对什么，置身何地，写作依然生机勃勃，个人能把宝贵的经验积累和思辨能力运用在文本之中，心在千山，根在大地，让诗歌创作与脱贫攻坚同构一道风景，为奋进的雄关漫道，刻录诗意的注脚，无疑众望所归。

2021 年 6 月 23 日于病榻

（灿烂，著名诗人、文学评论家。吴越出版社总编辑、中国作家协会会员、中国文艺评论家协会会员。迄今已在《人民文学》《中国作家》《诗刊》《十月》《作家》《大家》《花城》《当代作家评论》《当代文坛》《南方文坛》《创作与评论》《星星·诗歌理论》《诗探索·理论卷》《长城文论丛刊》《渤海大学学报》等刊物发表评论作品百万字；诗歌入选过 100 多个选本。获得过中国诗人奖、尹珍诗歌奖、中国当代诗歌奖·批评奖和《当代作家评论》年度优秀论文奖，《诗刊》《延河》《作品》等刊物诗歌奖项若干。）

诗意乡村的守望者

——李欣蔓诗集《裂变》阅读笔记

孙梓文

阅读李欣蔓诗集《裂变》，100 多首有关乡村的诗歌，饱蘸着泥土的芬芳扑面而来。感觉在她走过和未走过的乡村，因为一场脱贫攻坚与乡村振兴的伟大壮举而发生着深刻的裂变。诗人自身也在为这场伟大壮举的抒写中发生着悄无声息的裂变。这裂变有着蔓延之势，似乎要席卷着阅读者发生一场深刻的裂变。“闪烁的火焰、花开的声音、滚烫的乡愁、飞翔的石头、生灵的颤音、岁月的出口”六个专辑，着意为乡村的山水、人物以及沉淀在乡村的文化立传，把历史变化和现实气息诗意地表达出来，显示了抒写者为乡村抒写的自觉和驾驭诗歌文本的雄心。

在帮扶实践与诗意抒写之间过渡与跨越，实现了工作职责与写作使命的统一

或者可以这样说，在诗人与驻村干部的身份转换中，如何成功地搭建一座桥梁？这种自然转换和自由跨越来自于诗人的直觉和驻村干部的自觉。“杜鹃与山鹰一起歌唱/我把这片深爱的土地当成一张锦绣的纸/把身体当成一支行走的笔。”（《迈步在乡村振兴的路上》）2013 年，自接受帮扶工作伊始，

李欣蔓就与柳岗坪、中营、碑河、中坝、铁寨、五凤、回龙、园峰、白鹤嘴等九个村结下了不解之缘，它们成了李欣蔓乡村诗歌的全部天地。七年来，她深入乡村、扎根群众，天天与孤寡老人、留守儿童、聋哑人、贫困大学生为伴，倾听他们的人生故事，分享他们的喜怒哀乐，和他们一起战斗在脱贫攻坚一线。值得称道的是，在扶贫过程中，她写下了 9 万多字的帮扶笔记，开始有意识地为我们的衣食父母——农民，谱写他们平凡而又不平凡的人生。作者对热火朝天的脱贫攻坚伟大史诗讴歌礼赞，将自己从事的帮扶工作融入诗歌。“南瓜花、木瓜花、千日红、九里香……/成为伙伴//我的驻村岁月由鲜花铺垫。”（《从生活的漩涡中脱颖而出》）乡村里的南瓜、木瓜、千日红、九里香以及其他诗篇中涌动流泻的植物，让读者有了阅读《诗经》的感觉。这些流淌着泥土气息的“芳名”，有着朴素的面容和清新的美丽，深深地打动了我们，让我们发现粗粝的乡村忽然变得温暖和多情起来。“村里的阳光、水分、尘土一点一滴/进入我，占据我，充盈我/让我撩开浮云，长成自己，长成村庄”（《从生活的漩涡中脱颖而出》），“一程接着一程，尽锐出战/朝着诗意的方向/交出汗水芬芳的足迹”（《迈步在乡村振兴的路上》），从这些诗句中，交代出作者对扶贫工作的一种内心自觉和使命担当，甚至扶贫工作还带给了作者一种意外的功效或收获。“扶贫政策为我的关节炎/开了一张痊愈处方”（《温暖的对话》），从而将扶贫的过程变成发现乡村诗意、守望乡村诗意的美好过程。在此过程中，乡村裂变与内心裂变双向进行，同频共振。内心宁静，才能听到鸟鸣，也才能发现人世间最美好的语言，发现心与心最相通的地方。“踩着雨点，大声喊着妹妹、姐姐……/无数细碎的小嘴吐出苦味/在风中一开一合/仿佛不是花，而是一片黄金。”

（《一朵万寿菊的精准扶贫》）通过诗句，我们发现作者的扶贫理想，在《篱笆小院》一诗中，得到了很好的阐释，那就是期待通过脱贫攻坚的伟大战略，能够将乡村这块“荒芜之地”，变为人间“世外桃源”。

在叙事与抒情之间跳跃与灵动，平衡了文本运行与情感释放之间的张力

中国诗歌有着叙事与抒情的优良传统。当然，这不是评价或区分诗歌的重要标志。只是，在遭遇重大时代主题或典型人物，叙事便成为诗人不可回避的一种抒写方式。但是，诗歌毕竟是一种以抒情为主的文学艺术。这就考验着诗人的智慧和驾驭能力。李欣蔓意识到这个问题，并将其做到极致。在抒情上温婉、沉吟，在叙事上大气、简略，从容驾驭，灵活腾挪。特别令人感动的是，作者对乡村人物的际遇和命运，有着深切的同情和悲悯，热忱讴歌了他们的善良、勤劳、智慧和乐观精神以及他们身上体现出来的自然美和人性美。作者致力于用诗歌这一艺术形式为乡村作传，从而让我们领略到党的万丈光辉和时代的日新月异。受《创业史》启发，李欣蔓知难而上，她要用诗歌准确刻画村文书、村妇女主任、村支书、补鞋匠、烤红薯的女人、擦鞋女等社会底层人物以及扶贫干部舍小家为大家的艰辛付出。“她脸上被贫穷挤压过的皱纹/仿佛木瓜的容貌，正在舒展新鲜的光泽/向人们昭示生活的明媚”（《卖木瓜的女人》），“水泥路延伸到每家门前/村社道全硬化，硬起来的还有村民的腰板”（《村支书》），“欣喜从田坎走向心坎/他笑脸上的皱纹像地里长满的芳草”（《村民杨文生》），“向下看，朝霞漫涌/磅礴之势突破大地的空旷/五谷闪烁成金子。”（《腾飞》）从这些诗句中，可以明显感受到扶贫工作带给人们

可喜的变化。欣赏这些诗句与我们欣赏“让暮色比暮色宁静/听鸟声比鸟声宽阔”（《鸟》）产生同样美好的感受：“将为天空打开一条道路/人间的事物从未荒废。”（《傍晚》）作者在着意为乡村书写的过程中，灵活地将诗歌与散文、小说的艺术方法相融合，用诗的语言讲述乡村“裂变”故事。

在自我与大众之间观照与映射，
完成了乡村人物和乡野大地的完美归结

诗言志。通过扶贫，作者找到了心灵归乡的钥匙。在乡村发现乡村，发现世界，也发现精神之光。“田野里收麦子的‘稻草人’原来都是帮扶干部/他们与金黄一起翻滚”（《中坝村》），这既是乡民山居图，也是作者自画像。作者始终关注着普通劳动群众的生活和命运，并在他们中发现自我，又在自我中发现他们。作者通过乡村叙事与抒情，使我们感到：裂变的时代，贫穷到富裕是一个裂变，自己也要通过扶贫与诗歌获得裂变。“没有什么古老/树叶上的阳光总是如青春的表情”（《五凤村》），“这些年我以退步抵抗世俗/用一首诗剔除生活中坚硬的部分”（《乡愁爬满了我的心》，“像走在经过的岁月/不同的事物选择不同的季节生长/让生活中的每一个方向都在改变命运。”（《天空被踩在脚下》）阅读这些诗句，与其说作者在写乡村，不如说作者也在写自己，而且作者打通了乡村与自我的界限，让彼此在新的时代重逢与安慰。我们发现，作者已从《时间的重量》那种沉湎于内心的美好吟唱，过渡到《裂变》中关注大众进而关注自我、关注自我又照应着大众人格的使命书写，尤其令我们感到欣慰和惊喜。“一声连着一声喊长滩河的名字/喊一次，故乡就颤抖一下/就有一座座山、一条条河、一个个村庄/从四面八方围过来，把我捧在手心/一直

送到远方以远/再喊的时候，从梦中惊醒/我环视村庄，发现自己在长滩河落地生根”（《落地生根》），“就像我，不管身在何方/心，始终都在村庄里/故乡，便是我的归途。”（《故乡便是归途》）作者用诗意的语言表达了在乡村落地生根的愿望，并将它视为心灵的归途。不得不说，作者通过诗句的打磨与雕琢，实现了从小我走向大我、从个体走向集体的格局升华和境界跨越。如此看来，诗人只有将“乡村、人民群众和社会现实”奉为“大海”，才能在诗歌和人生中建构“春暖花开”的美好世界。

难能可贵的是，作者在抒情和赞美中，并没有放下批评的武器。“看啊，大部分地荒了，人走了，房子空了/连鸟雀都耐不住寂寞随白云流浪远方”（《打工时代》），“实际上两家为交几元钱电费的事/贫穷让他们各自露出了闪亮的獠牙。”（《劝架》）正是由于这些问题的存在，为接续脱贫攻坚，国家出台了乡村振兴战略。在实施这一伟大战略的过程中，李欣蔓正肩负着守望乡村诗意的使命，奔跑在乡村振兴的路上，更深刻、更艺术地展示出现实生活的多元多样，续写有价值的精彩篇章。

让我们在“如同把花朵和果实带到明媚之处/在那里，春天嘹亮/我高叫一声站立的村庄/诗意充满人间，温暖乡愁（《温暖的乡愁》）”的美好意境中，重逢诗意乡村和诗意人生。

（孙梓文，本名孙国贤。四川巴中人。当过 23 年警察，现入文联机构谋生。作品散见《中国艺术报》《星星》《中国诗歌》《青年作家》《西藏文学》等刊物，收入多种选本。系中国民间文艺家协会会员、中国散文学会会员、全国公安文联会员、四川省作家协会会员、四川省文艺评论家协会会员。）

乡村诗的内部秩序：从社会性到文学性

——李欣蔓诗集《裂变》的一个观后谈

陈 辉

阅读李欣蔓的新诗集《裂变》，仿佛我们遭遇的不仅是文字，还是乡村本身，令人难忘的乡情乡景，樱桃园、碑河村、铁寨村、中坝村、园峰村、回龙村、五凤村、中营村、白鹤嘴村……这些似曾相识的名字不仅具有地理意义，还在阅读过程中具有向导与标识作用。这些村名及相应的山水风光与人情世故，在绝大程度上决定了李欣蔓诗集《裂变》的定位，并透露出她的诗歌品质。

乡土文学始终是近百年中国新文学成就斐然的一脉，把乡村作为诗歌的核心主题加以呈现，是我们把李欣蔓添加到乡村诗人序列的主要理由。但令人遗憾的是，现代乡村诗尽管有自己显赫的诗歌祖先，但没有形成体系化的新诗传统。新诗史上，以乡村为主要书写对象的新诗人屈指可数，郭沫若、艾青、臧克家、田间、李广田、郭小川等左翼作家序列上的诗人算作当代乡村诗人的前辈，以海子、骆一禾为代表的“麦地诗”，新世纪以来的新田园诗、农民诗可作为当代乡村诗人的有效借鉴。这就意味着，李欣蔓要在相对独立的状态下做出构建乡村诗内部秩序的尝试。同时，她将面临的另一种挑战（或另一种意义的机遇）便是要面对在二十一世纪前二十年发生强烈巨变的巨型主体——“新农村”，这要求她在诗集中表达有对乡村的认识、看法以及关于乡村的诗歌美学、诗歌理想。

一

以往诗人眼中的乡村存有两副面孔，一则作为偏远、落后、传统的象征，一则作为理想、浪漫、怀旧的场所。但无论作为哪种对象，都有一个潜在的对照者——城市。城市的先进文明形象将乡村逼入一个相应的反义的角落，而对城市中坏质因素的反感又转而将乡村拉进一种优良、理想的境地。乡村形象的戏剧化反转是在以城市为对照中心的前提下发生的。而今，作为现代文明产物的现代都市已进入了市场经济的全盛时代，乡村承担了城乡落差全部症结的责任，是需要帮扶的对象（帮扶的前提是落后）；另一方面，城市坏质因素的显露又加速了人们对乡村的理想化想象。诗人发明着远方与诗意的对应关系，发挥着对处于远方的乡村的想象。田园牧歌、山水诗，充当了城市焦虑的一种文学抚慰；乡村，成为诗意与远方集身的想象对象。但新世纪以来的乡村已经发生了翻天覆地的巨变，在现代文明中发生了结构性的位移，被看的乡村他者形象以及附着在这个他者形象上或理想或落后的话语都需要被打破重构。如今，乡村的现实感如何获得？是城市对位中的落后形象还是新闻宣传中的“新农村”形象，哪一个才是真实的乡村呢？作为反映农村巨变的乡村诗或隐或显地都应触及以上问题。

因此，我们有理由相信，反映新时代下乡村巨变的乡村诗的有效性应在社会性与文学性两个层面上进行考察。易言之，新时代下的乡村诗作为诗歌艺术成立的前提是解决好社会学意义上的乡村形象与文学意义上的乡村形象合二为一的问题。这类乡村诗的有效性，不仅指向自身，自身诗味表达的有效，诗歌语言的有效，还指向于社会公共认知，破除以往乡村话语的高度同质化困境，破除国家话语中“新农村”话语的新闻式、标语式套写，提供值得读者信赖的诗性的乡村话语。

新时代下的乡村诗要求反映时代特征，反映乡村巨变，这需要此类乡村诗具有一定纪实风格。纪实性要求诗歌克服自己的虚构与想象特质，打破诗歌以往的书写体制，用一种更加直接的方式建立诗歌与乡村现实的关系，通过一种社会性纪实考察与文学性共情表达两相结合的方式，形成关于乡村的真正认知。要实现这类乡村诗的纪实性质，需要诗人的在场与实证，尽量客观地记录乡村发生的一切事情（当然，选取哪些场景、事件进入文本是实际书写的问题），整体分析后得到整体印象。而后，诗人对于乡村的书写要公正不失偏颇，并尽量调用真实事件、人物对话、客观观察等一切实证所取的材料。作为新时代的乡村诗，要构建新的乡村叙事和新的乡村隐喻，检验其有效性的条件之一便是准确喻指了乡村发生的历史性巨变。

而乡村诗的文学性则要求诗意的艺术呈现。诗歌有其自身的法则，要经受住各项艺术原则的考验，这种考验迫使它建立自身的诗学秩序。正如我们从史蒂文斯处得到的教诲，诗歌作为最高虚构形式，它在过去、现在或是未来，创造了我们永远向往却并不了解的一个世界，它赋予生活以最高形式虚构。舍此我们一无所知，并终生面对生活的乏味与贫瘠。诗歌的文学性便在于它是现实世界与想象世界的高度结合，这个文学场域拥有自己的秩序，一种被精心构造的感觉，词语的、意象的、事件的，万里挑一的——语言在这样的场域中光明正大地行使着它的权利，以显示出诗歌艺术的权威性。因而诗歌美好，诗感愉悦，诗性真实。乡村诗，作为以主题进行划分的诗歌门类，应该享受这样的文学理想与语言民主。

新时代下反映农村巨变的乡村诗企图建立社会性与文学性齐头并进的和谐关系，而在实际的书写实践中，则会遭遇一些意想不到的困难。总的来说，乡村诗要纪实反映乡村的社会性要求会对诗歌的虚构创作属性形成否定态势和淡化作用，诗歌对细节的把控和适度放大会与社会学意义上的“深描”（格尔茨语）——注重个体与所处文化场域的联系的理解和阐述——相互违背。这种先天的敌对关系需要更加具有诗歌智慧的乡村诗人加以化解，这也证明我们是多么迫切地需要诗歌对乡村进行不落俗套的书写。但我们更愿相信，当代乡村诗人有能力、有智慧解决上述问题。也是大众喜闻乐见的现实主义倾向，无论诗歌潮流发展怎样？诗歌本身就是时代环境所致，是特定的时间与空间“真实”的结果，李欣蔓在诗集《裂变》中展现了她的尝试，下面我们就来分析她的具体书写策略。

二

诗集《裂变》所录诗歌为李欣蔓 2013 年至 2021 年所作，这八年乡村最大的现实与最大的变化便是加快城乡一体化和乡村的脱贫攻坚工作。要在诗歌中展现乡村现实，就要敏锐地捕捉到乡村从脱贫到振兴这一致富过程中的变化。李欣蔓要使自己写出来的扶贫诗、脱贫诗、振兴诗，便要有效地介入时代主题。

方式一：植入扶贫与振兴话语。在诗歌中大量使用代表国家意志的扶贫振兴工作词汇，可尽快进入社会公共感知的话语氛围，使诗歌着有社会性的底色。据不完全统计，在收录100多首诗歌的诗集《裂变》中，代表扶贫与振兴核心话语的“乡村振兴”“脱贫攻坚”“扶贫”“帮扶”“政策”“低保”共出现了42次，代表扶贫与振兴机构的“村委”“村两委”“发改委”“合作社”共出现了31次，代表扶贫与振兴工作人员身份的“驻村干部”“发改干部”“帮扶干部”“书记”“村支书”“主任”“委员”“技术员”共出现了29次，代表贫困身份的“贫困户”“五保户”“留守人员”“民工”“农民”共出现了14次。

同时，另一类脱贫攻坚的隐喻性话语也多次出现，如贫困的象征——“老屋”“煤油灯”、扶贫政策的象征——“春风”、脱贫振兴乡村的象征——“绿色的田野”“新居”“水泥路”等。大量使用扶贫话语是扶贫与振兴主题乡村诗的常用方式，而对话语的选取是基于社会效益上的，大量使用扶贫振兴话语可以增加文本的社会性指向和时空观。

方式二，选取扶贫振兴故事。在诗歌中大量叙述脱贫攻坚的故事，以此凸显诗人在乡村进行扶贫工作的在场性。在场，意味着参与；在场，意味着见证，这样可以保证诗人传递给读者的是最新的乡村印象与真实的乡村认识。如《电商》一诗真实叙述了电商进乡村助力脱贫与振兴工作的事情：

走在乡间小路上，鸡犬相闻
她拍下割水稻、摘苹果、捡鸡蛋、杀年猪的照片
分享到QQ群、微信群，订单如雪花一样飞来

再如《茶农》《草木传来喜讯》便是一首典型的叙述扶贫故事的乡村诗，驻村干部带领茶农成立合作社，建立产茶基

地，通过种植茶叶致富：

抬头，蓝抚平云的褶皱
市场经济深入天马山
舞台、茶馆、温泉、民宿、湖水、森林
润育古老的生机

《裂变》的诗歌对于事件的选取大多基于扶贫与振兴的主题，它既可以是当地社会具有影响力的大事，也可以是个体脱贫致富的故事。诗歌中所叙述的事件是经由诗人所精心选取的，诗歌的精简原则要求只能选取一些特定的事件，不在于广泛与宏大，也不在数据的多寡。李欣蔓对扶贫、振兴故事的选取体现了她的写作目的，即增加诗歌表述的可靠性，集中展现扶贫与振兴工作的进展与成果。

方式三：镶入实证性表述。脱贫振兴主题的乡村诗注重一定的社会性，这就需要诗人在一定程度上采取描述性语言，对观察客体——乡村进行表述。在诗集《裂变》中最突出的便是对工作地点的强调，前后出现有三十多个地名，其中经常出现的地名有柳岗坪村、中营村、五凤村、中坝村、回龙村、园峰村、巴河、南江河等。在诗歌中，既有对以上地名的反复强调，又通过简单的笔墨描述了以上村庄的地理情况与风俗特点。然后，再通过具体工作事例勾勒出开展扶贫振兴工作的整个过程。在诗歌中，我们可以跟随诗人的脚步，走遍她所工作的各个乡村，又可以亲身聆听那一个个扶贫与振兴故事。诗集《裂变》的确具有社会学意义上价值。

同时，精确的数据也在诗歌中多次出现，如《合奏一曲壮美的乡村振兴之歌》出现的“与 6 万多名帮扶干部怀揣颗颗刀斧一样的雄心”“12292 万平方公里”的巴中土地，《用星星和黎明记录的工作轨迹》出现的“9 个村 200 户建档立卡贫困户”“200 名帮扶干部/走访、调查、建档，督查、考核、问责”；再如诗歌中的经济账，《化解生活中的问号》中的“流转 300 亩土地，贷款购置了两台大马力拖拉机”，《白蜡园》中的“一斤白蜡 280 元，万斤白蜡呢”等。精确的数据是实证性文章的主要标志之一，它所带来的准确感是科学性语言提供的，可供查证。诗歌中精确的数据表明诗人所述事实的真实性，她在让读者反复确认诗歌中所叙述的乡村印象是真实的，她叙述的乡村经验是可靠的。

三

李欣蔓的乡村诗，对于乡村的认识是基于社会学意义上的，这是乡村诗以乡村为前缀的缘由，而乡村诗也必须有它成为诗歌的合法性。整体说来，诗集《裂变》共分为六个部分，即“闪烁的火焰、花开的声音、温暖的乡愁、飞翔的石头、生灵的颤音、岁月的出口”。其中，第一部分主要集中于对乡村脱贫振兴的宏观叙述，第六部分主要集中于叙述在扶贫背景下个人的脱贫与振兴的奋斗历程。而第二部分至第五部分的大部分诗歌都展现了一定的文学性，第二部分主要是展现扶贫乡村的乡情乡景，集中于描绘细小之物，如苹果、芦苇草、木门、梨子、影子、落叶、格桑花、木瓜、稻草人、豆角等事物；第三部分主要写对于故乡的思念；第四部分主要是在游历扶贫与振兴地区的历史遗迹的过程中，展现一种历史感与深厚感；第五部分着重于描写各种鸟类和牛群，通过对动物及景物的描绘，反思人类破坏自然、破坏乡村的不良行为，呼吁人们保护生态平衡。如果我们仅通过诗集《裂变》的第二部分至第五部分来总结李欣蔓乡村诗的特征，可能会得出一些有价值、有趣味的结论。

我们会发现，第五部分的诗歌集中于刻画了鸟类、牛等动物，着力于对一些细节的挖掘。这些诗歌观察世界的视角本身属于一种典型乡村诗人视角，是可以激发很多诗味、诗意的。其诗歌用语的总体语调是自然而然的，具有一种友善的亲切感，语言和日常语言并没有太大的区别，读者会发现这样的语言既不做作，也不特别正式，真实呈现乡村的生态、生命。同时，这些诗歌的词语用一种非常简单的方式进行组织排列，这种秩序不烦琐，不别扭，不夸张，不矫饰，它们本身是一种质朴的、动人的、简单的、适宜性的排列方式，用简单的文字表达深刻的含意。因此，这样的语言是值得信赖的诗歌语言。诗人在这部分的诗歌中得出一个这样的结论，她向往一种自然的生活环境，“我与万物互相退让/伸手摘花椒，惊飞鸟/儿//又彼此侵犯，发出的声音和谐/与大自然融为一体”（《鸟语》），而对那些破坏生态和谐的人或事则采取了批判的态度，如《红鸟》：

被枪声惊飞的另一些生灵
预感大难临头，各自乱撞
把人们激动地仰望当作卑鄙的谋算

我眼前一亮的刹那
它们张开翅膀，发出尖叫
停止了鸟鸣与鸟鸣之间清晰而不断地传递

我呆呆地望着它们
恐怕它们的翅膀被折断

而诗集《裂变》第二部分至第五部分诗歌展现的文学性表现在以一种相对曲折的方式反映乡村社会的一种现实。易言之，这部诗集主要还是展现脱贫攻坚与乡村振兴背景下当代乡村的时代巨变，展现当下“新农村”的真实面貌，形成社会公共话题。其诗歌文学性的表现策略有：一，对于词语的选择，对于事件的选择，对于认知准确对象的选择都基于社会现实，但传达的方式是文学性的。也就是说，对于乡村诗内部秩序的构建和重要部分的选取是基于社会现实与文学方式的双重考虑。二，关注细节事物。在第二部分至第五部分的部分诗歌中，诗人已经开始关注细小事物，关注乡村细节，如在第二部分中集中书写了苹果、芦苇草、木门、梨子、梨园、影子、落叶、木瓜、格桑花、稻草人、豆角、知了、桃花酒等。如《知了》一诗“生灵带着蜜飞来飞去//一湖水、一座山、一声鸟鸣/落在心坎上/仿佛自己成为与万物通灵的”，展现了乡村的优美环境和美好生活，字句间散发出淡雅的和谐气氛；再如《苹果》一诗“那些青涩的果子高矮排列/与我一起伴随八月的炎热//在太阳下晒脸，在雨雾中洗澡/在黑夜中数星星/长成甘甜”，展现了乡村苹果园丰收的景象，喜悦欢快溢如言表。三，在乡村扶贫背景下，兼顾多种主题。诗集中还有一些关于历史主题的诗歌与关于思乡主题的诗歌，如《飞翔的石头》《一只神鸟站在巨石上》是写红军二十一军司令部特务连标语的，《母乳》是写伟大的母爱的……而这部分的诗歌，最后往往还是归于社会性主题。由此看来，这类题目上偏于历史与思乡主题的诗歌是以一种相对曲折的方式在反映乡村社会的一种现实。

当下，乡村已经发生了翻天覆地的变化，从贫穷落后到富裕现代。走到与城市的对等位置，完成摆脱自身被看命运的使命，拥有了自己的独立身份与相当程度的自足性。反映当下乡村的乡村诗是诗人从脱贫攻坚奔跑在乡村振兴路上深刻的乡村认识和高度的诗歌智慧。从时代主题方面表现当代乡村的乡村诗是李欣蔓诗集《裂变》给我们贡献的又一类当代乡村诗。由从传统的角度看乡村和从理想主义者的角度看乡村到认识乡村、理解乡村本身，这也是一种巨大的进步。另外，直面时代话题本身就是一种可贵的诗歌品质和值得人赞许的诗歌行为。

（陈辉，笔名乔林，90 后在读文学博士。写诗，兼写评论）

李欣蔓的“乡村诗学”

张新宇

合上李欣蔓的诗集《裂变》，仿佛品尝了生活的酸甜苦辣，回味无穷。这位活跃于诗坛的四川巴中青年女诗人，作为中国诗歌协会会员、四川省作家协会会员、巴中市诗歌学会副会长兼秘书长，作品早已发表在《诗刊》《星星》等国内外著名诗歌刊物上，诗人著名不著名都不重要，踏踏实实写出几行打动人心的文字才是最重要的。李欣蔓这本诗集是诗人自己的所见所思所感、真情流露和娴熟诗艺的充分结合体。写平常事，抒真感情，没有繁复的辞藻，仅用朴实的语言，便展示出了乡村的变迁和生命与生活的思考，具有浓厚的生活气息和厚重的人文情怀。她融现实、知觉、情感、想象为一体的艺术表现力、感染力和创造力，着实令我惊叹。在这本诗集中，诗人展示出了自己在长达八年的驻村生活中，如何与巴中人民一步步实现“裂变”，脱下自己残损的旧衣，逐渐换上五彩斑斓的新服。同时，诗人在这场生活的旅程中不断对生命进行深入灵魂的拷问，有着自己对生活独到的见解。可以说，她的乡村诗学具有突出的主题和鲜明的特色。她的诗歌，关注时代问题，不同于传统田园诗歌和现代农村诗歌，具有当代诗歌特殊的诗学意义。从李欣蔓的诗中，足可以领略作者语言的功力。她把握诗歌语言的分寸火候恰到好处，将泥土、田间拣来的普通语言材料发酵研制成了一坛佳酿，让读者呼吸到大地深处陈年酒香的诗意芬芳，令读者陶醉。

一

李欣蔓乡村诗歌具有突出的主题和鲜明的特色。在我看来，李欣蔓乡村诗歌的主题，关注生命律动，书写新时代下乡村振兴的现状，同时也在于捕捉生活中的爱意，将他们变成诗意，反思生灵与自然的关系，倡导保护生态、探索自己人生的意义。她擅于从现实中发现美发现爱，从美与爱中深化自己对生命的沉思。在她的诗歌中，对生活的热爱，对祖国的热爱，表现得淋漓尽致。她从诗中思索和探求生命的价值，进行“诗”与“思”的思考，把它们有机结合。她擅以乡村中的景物作为意象，一种清爽的气氛令人身心愉悦。这些意象不仅起到加强乡村唯美的氛围作用，更是展现新时代新农村的重要变化的景物：南瓜花、木瓜花、千里红、九里香、核桃、土豆、万寿菊、麦浪、稻穗、麦子、玉米、油菜花、木瓜、茶叶……这首《一朵万寿菊的精准扶贫》正好可以作为佐证：

踩着雨点，大声喊着妹妹、姐姐……
无数细碎的小嘴吐出苦味
在风中一开一合
仿佛不是花，而是一片黄金

飘荡的香，宛如她口中悬着的南江河
装满青山、云影、雨水的恩泽

令飞鸟各鸣其声

淘气的万寿菊仿佛潮湿的孩子找到了适合的空气
躲猫猫一样藏在花瓣中
每一朵花瓣的心跳应和着她的心跳
成为大地上的一团火苗

月亮一头闯进云里
万寿菊瞬间打开了所有的翅膀

春风一吹，山崖水边，房前屋后
满山遍野的黄，黄到哪儿，哪儿就金灿灿
哪儿就长出一个加工坊，金黄的陈酿遍地流淌

订单手忙脚乱
打包的村民一丝不苟
发货单按部就班

街巷茶楼，喝几杯万寿菊茶
化邻里之痒，活四方之脉

村民结晶的汗滴
闪烁出万寿菊一样的光芒

诗人将万寿菊贯穿全诗，如徐徐展开的一幅原生态乡村生活画卷，美景似乎就在眼前，万寿菊的香气扑面而来。我们徜徉其中，乡村生机盎然、活力四射！加工坊、打包的农人们，

订单和发货单，村民劳动的积极性，真实地呈现出来，将美景与生活完美结合，奏响产业发展乐章。这些闪烁着韵律的句子充满了形象性、直观性和跳跃性，散发着朴素、唯美的气息。李欣蔓就是通过现象洞彻事情的真谛，进而用沾泥土带露珠的句子抒写诗歌细节，富有极强的艺术感染力，更多地来自正在不断改变的乡村生活本身所洋溢的美好。

二

李欣蔓的诗歌写作朴实而诗意浓厚。在这本诗集中，她所记录的是新时代下乡村的变迁和人民生活的变化。她既关心乡村人民生活状况，更关注乡村发展振兴状况。《村民杨文生》："客厅里的投影是生活的化身/帮扶干部送来电视机、洗衣机、过年穿的新衣……/欣喜从田坎走向心坎/他笑脸上的皱纹像地里长满的芳草/一生都在脱离贫困/家禽、菜园小项目，在园子里不停地长/他蜷缩在被窝里一动不动的梦开始发亮。"她直接描写出村民杨文生本人生活得到了极大改变，其实更突出帮扶干部的一颗诚挚的心，这正是乡村振兴成果的代表。当然，她书写村民们生活的改善不止一例，从侧面书写也不失为一个好的角度。又如这首《无围栏小院》：

走进公路边的李忠周家
一座无围栏的房子

一头小牛嗷嗷地叫着
像报春，叫醒了沉睡的人们

土墙边停着一辆木板车
房屋左侧水泥梯子无围栏
整个房屋前后无围栏

房顶上裸露的寂静
被春风轻轻吹散

房前大片的菊花怒放
屋后婆娑的竹影、桉树
还有一丛玫瑰，悄然挺立
像是土地挤出的鲜血

风吹来的声音响过往昔的牛哞声
这么多天然围栏，一片绿色酿成的时光

人与人、牲畜与牲畜，以老面孔相对
天上白云朵朵，一个天然的精神道场

接受加持的我，开始游荡
目光被那无围栏的时光，缠得多么快乐
生活的伤口在这里自然愈合
“阳坡的野花开到背阴里
树荫里的鸟巢又挪进屋檐下”

仿佛他们专门不修院门与围栏
沐浴春风春雨

她的诗歌抒写的村民的生活就是如此的优美恬静。无围栏的民居，象征着家家怡然自乐，人们心灵自在交流。这风景画般的美景是自然的恩赐，牛犊的哞叫，这天然的精神道场，这令人神往的世外桃源，显然拨动了读者的心弦，语言是在田野里顺手拈来的，通俗易懂，与她写作的初衷不谋而合，达到诗人和读者在精神上相互交流。

三

李欣蔓的诗歌注重感悟和细节。她的诗性感悟，不是从观念中生发出空洞的呐喊，也不是臆造出一些生硬的所谓“意象”以寄寓“乡村情怀”，而是在许多感同身受的具体场景中，让人亲切地体验到一种普通人的思绪与情怀，而这种思绪与情怀，是具象的，又是诗性的。从诗集中可以看出李欣蔓对生活的热爱，体现在她捕捉生活细节的能力，从细节入手，把真实性、思想性、文学性有机融合，如《白鹤嘴村》：

一只白头鹤心无旁骛地飞来飞去

那股风对它喊了一辈子
从天真的年少追过来

喜悦像一滴滴晶莹的露珠
时而滴在它的羽毛上
时而在树叶上画图画

香樟、松树、枫树迎风摇曳

长得高大，却有易折之心

我站在一望无际的绿浪里
头上的麦秸草帽被风吹走

噗的一声落在白头鹤的身上
它的眼前一黑，像夕阳躲进草丛

李欣蔓的诗歌，正是“生活处处都是诗”的体现。即使阴天，也能让读者感受人与自然呈现出的美好情景。在这首诗歌中，她驻足于泥土之上，嗅着那空气中的清香，望着在风中焕发生机的鸟类、农植、草木，她的心同乡村一起跳动。这也正展现出李欣蔓内心的纤细和柔和，只有对生活如此热爱的诗人才能打开广阔的生活与心灵，抒写出质朴清新的诗篇，使得人生和生命的思索具有价值。作品不僵化、不停滞，形成守正创新的活跃作品，让人与自然和平共处的生态平衡问题也引发李欣蔓的思考。她对鸟类的书写也体现了这一点。在这一方面，她的书写空灵且透彻。如《蓝鸟》：

似一群孩童，嘤嘤地鸣叫
其中一只鸟东张西望寻找自己的声音
另一只好像认识我，打几个盘旋

雨水冲刷翅膀，它们独立寒秋
叫声拉长一天的光阴

忽然踩到一声尖叫

吓得我迅速抽回脚
鸟痛我也痛

心中凝结的愁绪越来越重
以为在挫折中咬紧牙关
在人世中绝不放弃的那只鸟就是自己

抬头，那只鸟对着我喊话
一边沿着桉树高大的枝丫向上爬行
恐惧陌生的事物碰触它身体里的伤
像琴弦上失而复得的高音符
穿过黑夜，发出峰回路转的清音
引来色彩斑斓的鸟

林间发出不同凡响的声音
山川河流连同我都发出不同凡响的声音

这首诗中，鸟儿在找寻自己的声音，人世中，诗人在找寻人生的意义。雨水中，她和鸟儿仿佛心灵相通，进行积极的思考。她怀着满心的愁绪在雨中漫步，随着与鸟的相遇，她似乎从鸟的身上得到了启示，更加坚定了自己的人生信条：在挫折中咬紧牙关，在人世中决不放弃！这就是自己存在的意义。动人之处是诗人的坦诚和率真，让人们看到自己的悲悯情怀。诗篇余音缠绵，淡淡的忧伤中生活的哲理突然通透，更是点睛之笔。

李欣蔓的诗歌通常称为“小题大做”。选题切口小，立意新，情感真，表达巧，正是当代诗歌的一个新的表达方式，诗集的电子版即用日记体短诗的形式，在表现生活的同时，一路走来，风雨阴晴、苦辣酸甜，都会触动她情感的共鸣键，并且在心灵的硬盘上刻下一些印痕，表达自己的哲思。在我看来，她开创了当代一种新的诗歌书写模式，把诗与爱，诗与思有机结合。用最轻盈而又内涵的笔墨，既对乡村和人民的生活状态进行抒写，又反思生命，抒发自己的人生感悟。在古代田园诗人的诗歌作品中，诗人往往抒写劳动人民生活，同时歌咏乡村之美，营造田园牧歌般的诗歌氛围。现代许多乡村诗歌，则是继承古代田园诗歌的传统，浓墨重彩的对乡村进行描摹，而李欣蔓则是有自己的特色，她的独特之处在于她既是乡村生活的旁观者，也是乡村生活的参与者，更是思索者。这样的多重视角，使得她的诗歌更具真实。

诗被称作是文学王冠上的明珠，这不是诗人们自封的。当然，在李欣蔓的这本诗集中，具有可读性的作品数不胜数。她用《裂变》这张无形的名片，装下乡村，她用自己的诗句挥洒出了“脱贫振兴这场伟大实践中勃发出来的人性美、人情美、行为美”。她的创造性转化，创新性发展是诗歌同诗人在尊重与注重现实的基础上，更以深邃思想抒写新气象所具有潜力的优秀诗人。

（张新宇，西华大学文学与新闻传播学院硕士研究生，主要研究现代文学。）

感恩之心

八年的寒来暑往，从投身脱贫攻坚到乡村振兴这一伟大的社会实践中，读过一些小说、散文、报告文学以中篇和长篇写出的生动故事，而诗歌是文字浓缩的精髓，短小精悍，能准确、清晰的表达吗？揣着这样的疑问，我在诗里上路，获得了前所未有的感知。易地搬迁扶贫让贫困户住上新房，留守老人向大家夸耀住上保障房的温暖，目光里透着欣喜；电力扶贫让偏远的村庄，家家户户灯火通明，灯光点亮每寸大地，笑声荡漾在夜空；教育扶贫让失学儿童重返校园，琅琅书声如天籁之音叩击耳轮，发出久远的回荡；中西部协作扶贫，帮助贫困人口就业，贫困户乐呵呵地伸出大拇指：家里的收入今年翻一翻；驻村帮扶助推家家户户的产业项目，贫困户甩着手上的一沓沓人民币，笑容从心窝冒出，大吼："小菜园"卖到"大食堂"，收入今年增加。我的帮扶对象因家里贫困，妻子不辞而别，后来他出去打工，挣到钱回村创业，以为家里还是原样，殊不知，回来后看到的却是接通的煤气灶与帮扶干部倾心的相帮。共同享用党的政策送来的"大礼包"，让他们深刻体会到从脱贫攻坚到乡村振兴的实在措施和成效，从物质到精神，《裂变》写满春阔大地的答案。

乡村生活像进入了姹紫嫣红的素材百花园，芬芳铺架我的生机和愿望。白天，阳光灿烂，青草如浪、长风万里，葵花落日一般金黄、玉米旗帜一般挺拔、洋芋人心一般瓷实、稻浪大海一样起伏，青虫、黄鹂、喜鹊、田鼠、灰兔让心情变得浪漫，人与自然互通语言，互相解思。辽阔的土地可以让我摆放无尽的力气。夜晚，打开窗户，清风徐来，我在花香中记录和回看工作笔记，风雨无悔，五更鸡叫，又一个不眠之夜推动生活的进展，又一个不眠之夜战胜了对文字的困惑。帮扶工作辛苦而快乐。

八年间，市发改委历届分管脱贫攻坚、乡村振兴及驻村工作的领导：原纪检组长韩良举、原副主任魏巍、副主任佘勇、廖爵禄、吴晓春及机关党委书记邱凡，他们兢兢业业，坚持“一张蓝图绘到底的精神”，带领杜云峰、李明松、赵凯、张前友、张明、周旭东、罗治军、杨淑清等驻村干部一起深入田间地头、农户小院，走泥巴路、坐小板凳，倾听早出晚归的村民不停地絮叨，体会他们的难处，懂得他们的期盼。每一次入户像旅行，所抵达的都是不一样的终点。必须小心翼翼看住那些在锁孔里迷路的孩子和在院坝里迈不开双腿的老人，洞悉他们发酵的烦恼，推测明天可能发生的事，并做好思想工作。而驻村干部在路途遭遇暴雨，山塌方，无人知晓。走惯了山路，内心反而平坦，每走一步都是一个词，无数脚印踩出无数的名词、动词、形容词……那么勇敢、果断。我们把路途上的挫折当作生活的调味品，用委屈点缀心情，在与村民的接触和细心的观察中，体悟出深刻的人生哲理与面对困境时应该保持的积极态度，从现实生活中吸取灵感，获取激情，把这片深爱的土地当成一张锦绣的纸，把身体当成一支行走的笔，分享着山花与诗情的味道。头顶太阳站在田野里，感受汗滴的艰涩；爬上山坡聆听牧歌，感受牛羊的浪漫；走进小院闻着菜香，感受炊烟的温馨。各种乡村人物的质朴、纯粹逐渐汇聚成对梦想执着追求的生命力和巨大而澎湃的诗情，从生活的细流真实自然的疏引和汇集到诗歌这块广阔的田野上，让那些看来似乎平常的生活充满了澎湃的思想和历史的容量。在细小中发现博大，从眼前的事物中感受开阔，路途中的景物仿佛我心田深处的一口深井，倒映出蓝天白云、山光水色、风土民情，无论何时凝视，都是一幅幅细腻生动的山村风情画，从泥土里染上绿叶味道的句子流向我的诗行，伴随着鸟语花香发出响亮的声音，飞向天空，有看不完写不尽的诗情画意。同时，对碑河村、中坝村、回龙村、界牌村红军石刻标语，柳岗坪村的翰林院等采访了与之有关的人物，借助小说对事物、人物的描绘性表述，写成有历史、有情节，成为有连贯性、有吸引力、能感染人的诗歌故事，用诗歌故事去把这份红色记忆传递更深更远，让读者了解巴中革命历史，奏响巴中这片红色土地的时代强音！站在生活的底层，精神的高层来回应时代，虔诚地书写新时代中国乡村，是对褐色大地上脱贫攻坚与乡村振兴及诗歌艺术的深深情怀。驻村工作是人生给予我的一次大奖，我完成了乡村诗歌写作，印证了诗歌书写伟大时代的事实。

在工作中，市发改委党组调动集体智慧，广大发改干部出点子想办法，酝酿制定帮扶方案，送计划、送政策、送物质，结合扶贫与扶智的办法，脱贫攻坚与乡村振兴工作取得喜人的成绩。320 多名发改干部——张夕谦、吕爱国、巍光成、魏巍、陈琪、杨程、李海龙、袁志贤、李成业、杨飞、张雁冰、罗瑞麟、郎森、籍立薪、喻珂、蔡小英、王丽华、王琼德、黄维、李本文、胡培君、张勇、李开强、孙项、王磊、张露、王春来、杨明、吴振、杨昆、雒帅、杨春兰、吴耘、林娜、吴明举、李恒亮、羌林川、岳映平、彭旭衡、王亚林、罗实、周洪川、马鹏程、高源、冯川、晏文群、周小林、马鸣遥、邹亚平、吴澜、王军、张洮、栗军、马勇、刘芳、李雪、李行明、李鹏、张鹏、马彪、赵思国、何毅、黄继伟、陈地平、李旭、曾丽华、王友良、张华、杜鹏飞、杨述蓉、黄靖、杨桂莲、张清泉、胡俊梅、马敏、周鹏、王玉琳、李卫伟、吴明银、吴晓华、肖蓉、何财波、岳鑫、王平、李强、马玉林、余刚、马为、赵亚玲、杨佳琪、周维、张柯、张文忠……早出晚归、披星戴月，田野、山岗到处布满他们的身影，村民伸出大拇指为他们点赞。

初冬的巴山深处，霜风扑面，寒气袭人。按照省委开展“走基层、解难题、办实事、惠民生”活动的总体部署和市委“转作风·惠民生”的要求，时任市长何平，市委副书记余先河、市委常委、政法委书记侯中文，市扶贫移民局局长王伟、市发改委主任向传忠等领导轻车简从，先后夜宿经开区中营村、南江县中坝村、园峰村、回龙村、九寨村、巴州区柳岗坪村、平昌县赵桠村，他们走村入户访寒苦，把党和政府的温暖送到困难群众的心坎上。他们务实的作风和为民的情怀激励我在工作中不断砥砺前行。随同巴中市原项目管理办公室主任魏光成、副主任张雁冰深入巴中各区县察看、督办巴中重点项目进展情况，亲历了他们吃苦耐劳、严谨认真的工作态度，目睹了现代化建设中的“巴中样本”，忧郁的心变得踌躇满志。特别是川陕革命老区振兴发展办公室主任王琼德，无论是工作、生活还是写作都给予我无私的帮助，让我信心百倍。市发改委两届办公室主任郎森、籍立薪千方百计做好后勤保障工作，确保广大发改干部如期全面打赢脱贫攻坚战，为乡村振兴保驾护航。同时，诗集中涉及的各种扶贫与振兴政策，在市扶贫移民局（乡村振兴局）精准扶贫中心、扶贫移民开发中心及各科室的指导下，我才能顺利完成《裂变》这本书的创作。

山鹊与村民为我欢呼，花朵向我盛开……我不断开拓吸取大地的泉水，写出有生命、有生机、有活力的作品，希望她们汇聚成风中熊熊燃烧的真理之火，温暖寒冬，让诗歌成为我心灵放牧的净土。诗集中还有一部分是市、区宣传部，市作协、文联的采风作品，有巴中的十几个村。我的工作就是在实地采风，有人说我很幸运，工作和写作融为一体。我与广大诗人、作家及发改干部一起“行崎岖、冒风霜、找产业，”像小宇宙爆发，斩断穷根，裂变出乡村意外的惊喜，以点带面折射出巴中从脱贫攻坚到乡村振兴路上所取得的巨大成就。是我人生经历和诗歌道路上的一个新旅程，是我从事脱贫攻坚与乡村振兴工作以来，向党和人民交出的一份文化答卷，更是我工作路途中奏鸣的一个个感人肺腑、发人深思、催人奋进的音符。

这本书收集了我从2014至2021八年间写的诗歌。在写作过程中，《裂变》作品陆续发表于《四川扶贫》《四川乡村振兴》《贡嘎山》《草地》《绿风》《草原》《飞天》《北方作家》《山花》《汉诗》《延河》《四川文学》《星星》《诗刊》《人民日报》等数百家报刊，入选《星星诗刊2018年我与脱贫攻坚同行》《中国当代文学选本第四辑》《第三届、第四届诗探索·春泥奖获奖作品专辑》，入选2020年《诗刊》——中国诗歌网“奋斗在扶贫第一线的诗人”专栏，于2020年9月2—5日应邀参加中国作协《诗刊》社在江西横峰举行的“走向小康与驻村诗人座谈会”。座谈会就诗集《裂变》创作始末进行交流，部分内容被《诗刊》《文艺报》《光明日报》《中国作家网》“学习强国”《中国社会科学网》《中国诗歌网》《江西日报》等转载，诗集《裂变》入选2020年四川省“万千百十”文学扶贫活动重点扶持作品，是四川省作家协会“文学川军·百场改稿会进基层”活动的丰硕成果，诗歌《夫妻》被评为“每日好诗”。

六万多文字，是从泥土花香、山川河流中诞生；它们经历风霜雪雨，飞跃巴山蜀水；它们是时代给予我的恩赐，所以，我怀着一颗感恩之心，坚持创作，表达我对生活的感激之情。

2023年2月13日